唐詩之路

新昌县博物馆 编

张斯鸿 编著

文物出版社

图书在版编目（CIP）数据

唐诗之路 / 新昌县博物馆编 ; 张斯鸿编著.

北京 : 文物出版社, 2025. 6. -- ISBN 978-7-5010

-8776-1

Ⅰ. I207.227.42

中国国家版本馆CIP数据核字第2025TX4724号

唐诗之路

新昌县博物馆 编　　张斯鸿 编著

责任编辑: 许海意

责任印制: 张　丽

艺术总监: 醒　庐

装帧设计: 书　巢

出版发行: 文物出版社

地　　址: 北京市东城区东直门内北小街2号楼

邮　　编: 100007

网　　址: http://www.wenwu.com

邮　　箱: wenwu1957@126.com

经　　销: 新华书店

制　　版: 杭州艺心造信息技术有限公司

印　　刷: 浙江影天印业有限公司

开　　本: 787mm×1092mm 1/8

印　　张: 29.5

版　　次: 2025年6月第1版

印　　次: 2025年6月第1次印刷

书　　号: ISBN 978-7-5010-8776-1

定　　价: 380.00元

《唐诗之路》编委会

主　任

王慧瑛

副主任

潘春方　张斯鸿

委　员

丁少卿　何中梁　徐　梦

编　著

张斯鸿

编　务

何中梁　徐　梦　吕越双　杨　蓓

徐婉仪　杨　阳　吴威楠　袁　月

主 办
新昌县博物馆

支持单位

首都博物馆	浙江省博物馆	温州博物馆
陕西历史博物馆	中国丝绸博物馆	台州市博物馆
河南博物院	中国茶叶博物馆	温岭市博物馆
湖南博物院(湖南省文物鉴定中心)	宁波博物院	临海市博物馆
安徽博物院(安徽省文物鉴定站)	象山县文物保护管理所(象山县博物馆)	三门县博物馆
甘肃省博物馆	宁波市奉化区博物馆	天台县博物馆
苏州博物馆	慈溪市博物馆	台州市黄岩区博物馆
洛阳博物馆	绍兴博物馆	杭州市萧山区博物馆
洛阳市考古研究院	绍兴市上虞博物馆	兰溪市博物馆
龙门石窟研究院	绍兴市柯桥区博物馆	东阳市博物馆
成都市文物考古研究院	诸暨市博物馆	义乌市博物馆
江油市李白纪念馆	嵊州市文物保护中心	武义县博物馆

序

唐朝，庄严地站在五千年的青史中，以灿烂的文化和强大的国力笑傲史林。大唐盛世，盛在"泱泱山河，万国来朝"，盛在"歌舞升平，不夜长安"，更盛在"诗坛万千，字字珠玑"。纵观历史长卷，唐朝无疑是最精彩、最辉煌的篇章。

"一座天姥山，半部《全唐诗》。"

浙东新昌，以其"沃洲天姥"之奇绝风景、儒释道相融的多元文化成为无数文人墨客向往的"诗和远方"。魏晋名士的纵情山水、流连不舍，更是引得李白、杜甫、孟浩然、王维等众多唐代诗人心驰神往。"自爱名山入剡中"，450多位诗人在此且诗且文，剡东文化大放异彩，一条生生不息的唐诗之路赫然而出，成就了新昌的第二个文化高峰。

浙东唐诗之路，始于晋，盛于唐，流播于宋明，亦不绝于今。新昌学者竺岳兵先生呕心沥血，通过七次实地考察，将这条以新昌为精华地的诗路挖掘出来，从而使新昌成为唐诗之路的首倡地和精华地。三十年来，这条诗路不断焕发新的生命力，实现了文脉赓续、文化振兴、文象发展的新突破。

"唐诗之路"不仅是地理上的山水之路，也是诗性心灵的漫游和栖息之路，更是贯通古今的文化历史传承之路。今天，我县举办"唐诗之路展"，通过文物、场景和数字化技术，系统地展示唐朝的文化盛况和我县的文化繁荣。这是新昌县博物馆继"魏晋风度"后又一次策划推出的重磅原创大展，涵盖首都博物馆、陕西历史博物馆、安徽博物院、河南博物院、湖南博物院、洛阳市考古研究院、龙门石窟研究院、浙江省博物馆等36家国内文博机构240件文物，其中一级文物26件，二级文物50件。展览可谓精品荟萃，文物文化相映生辉，堪称文化艺术大展。

在实现民族复兴、坚定文化自信的新时代道路上，该展的举办已然有更重要的意义：深入贯彻习近平总书记的号召，坚定文化自信，在新的历史起点上践行新的文化使命，推动中华优秀传统文化保护传承；助力浙江省诗路文化带和文化高地的打造，进一步彰显浙江深厚历史底蕴，助推浙江文化强省、文博强省建设；为我县打造唐诗之路精华地提供更多实物资料，进一步扩大新昌在全国的传播力和影响力，推动社会经济发展，提升浙东唐诗名城的知名度和美誉度。

金风震铄，宏规大起，皇皇大唐的盛世乐章已奏响。在此，我谨向博物馆等文博机构及给予展览大力支持的社会各界专家、老师致以诚挚的谢意！诚邀社会各界人士一起来感受这场精彩绝伦的文化盛宴。

中共新昌县委副书记
新昌县人民政府县长
2025年6月

前言

　　盛世大唐，兼容并蓄，万国来朝，大风泱泱。

　　有唐近三百年，上承六朝之余绪、下启宋元之序曲。其间，书画、雕塑、乐舞、杂技、建筑等皆如绚烂繁星，璀璨了整个华夏文明的天空，而其中最耀眼的莫过于唐诗。诗仙李白、诗圣杜甫、诗佛王维、诗鬼李贺、诗魔白居易、诗星孟浩然、诗狂贺知章……皆有冠古之才，他们极致闪耀又各放异彩，以凝聚万般才情的诗篇点亮了整个大唐的壮美河山！

　　东南山水越为最，越地风光剡领先。蜿蜒于浙东名山之间的剡溪，没有黄河之磅礴，也不及长江之雄浑，所经之处却是"气聚山川之秀，景开图画之奇"的仙源胜地。既有雪夜访戴、兰亭雅集的人文之盛，也有刘阮遇仙、天姥遥歌的仙缘之魅，更兼溪山发秀、城郭争新的锦绣之姿，剡溪"非独一时之秀，实为千古之奇"。有唐一代，数百位诗人溯源万里，泛舟而来，抚剡溪之清流，追魏晋之遗风。白傅犹迷溪雪，两比武陵；李白自爱名山，三入剡中。杜甫壮游"剡溪蕴秀异，欲罢不能忘"；许浑唱和"相思不相访，烟月剡溪深"。剡溪之秀激发了诗人"乘兴乐遨游"的万般诗情，以至浙东山川形胜、高贤风骨和民俗风物尽皆入诗。历代传诵的无数名篇佳作又令浙东山水饱含诗韵墨香，终汇成一条与丝绸之路相媲美的文化之路——浙东唐诗之路。

　　浙东山水，诗接盛唐。

　　云起之处，正是后人无限向往的诗酒繁华！

目录

大唐飞歌

花舞大唐春

　　悠悠大唐，文明绚烂，气象万千。唐王朝统治者延续自南北朝以来民族融合的大趋势，在继承前代文化的基础上，积极吸纳外来文化的精华，兼容并蓄，开一代盛世繁华。且不说长安、洛阳花团锦簇，被诸多胡商蕃客誉为人间天堂，即使远离两京的扬州、明州等地，也同样是"十里长街市井连"的繁兴之处。在这片充满活力和创造力的土地上，涌现出大批风骨刚健而又天赋极高的诗人，以数万首诗歌将大唐的恢宏气象、壮丽山河编织成穿越千年的盛世之音，绵延不绝，弦歌至今。

盛唐气象 <u>1.1</u>

　　自唐太宗李世民迈着"贞观之治"的步伐跨入历史舞台，唐代就以一种前所未有的气象展现了其宏大的盛世画卷，疆域之广空前辽阔，军事之强横扫四海，国力之盛堪称第一。大唐王朝政治的开明、文化的繁荣、科技的发达，都深为当时世界各国人民所向往，纷纷不远万里而来，观摩效仿。

　　王国维在《读史》中这样进行描述："南海商船来大食，西京袄寺建波斯，远人尽有如归乐，此是唐家全盛时。"大唐已然成为世界的交流中心，车水马龙，繁华似锦。

政通人和

唐王朝历经唐太宗"贞观之治"、唐高宗"永徽之治"、武则天"武周之治",呈现出一派升平繁荣的景象。唐玄宗登基以后,采取提倡文教、发展经济等有效措施,天下大治。开元年间"贞观之风,一朝复振",把大唐王朝一举推向巅峰,史称"开元盛世"。这是一个"家给户足,人无苦窳""四方丰稔,百姓乐业"的安定时期,杜甫在《忆昔》诗中描写道:"忆昔开元全盛日,小邑犹藏万家室。稻米流脂粟米白,公私仓廪俱丰实。"盛唐气象,扑面而来。

百业俱兴

唐王朝国力强盛,社会安定,各民族团结统一,农业、手工业和商业全面繁荣。前期主要是农业的兴盛,大量水利工程的修建和灌溉技术的发展,为农业产量的大幅提高提供了保障。随着对外交流和商贸的蓬勃发展,唐代手工业也达到了空前的高度,陶瓷、丝织、金银器等手工艺品制作精美绝伦,在国内外市场都赢得了极高的荣誉。这一时期的医学、印刷术、建筑等科学技术的创新也取得了辉煌的成就,造纸、纺织等技术甚至远传西亚、欧洲等地。

(清) 弘昼、鄂尔泰、张廷玉等奉敕纂修《钦定授时通考》
清乾隆七年武英殿刊本

唐代除已有的桔槔、辘轳、翻车外,人们又创造了连筒、桶车、筒车和水轮等灌溉新工具,大大提高了灌溉效率。诗人杜甫《春水》一诗中有"接缕垂芳饵,连筒灌小园",就是筒车、连筒在唐代用于农田灌溉的佐证之一。

(宋) 佚名《唐太宗立像》 台北故宫博物院藏

唐太宗李世民在位期间,虚心纳谏,劝课农桑,开创"贞观之治"。采取开明宽柔的民族政策,平等地对待各边地民族,被回纥等族拥戴为"天可汗",成为各族的共主和最高首领,为唐代后来一百多年的盛世局面奠定了重要基础。

三彩女立俑

唐（618—907）
高 42.1 厘米
陕西历史博物馆藏

　　仰首，鬟发垂髻，面庞丰润，青黛描眉，口涂朱红，下颏微抬。上穿淡黄色圆领对襟花衫，双手拢于宽袖之内，拱手于胸前，右肩披浅蓝色帔帛。下穿黄褐色曳地长裙，裙腰至胸部，两条蓝色裙带飘然下垂。双脚并拢，脚穿上翘的尖头履，立于方座之上。此立俑轻薄的衣裙与丰满的体形完美地结合在一起，真实展现了盛唐贵族女性可爱健康、娇媚动人的风采。

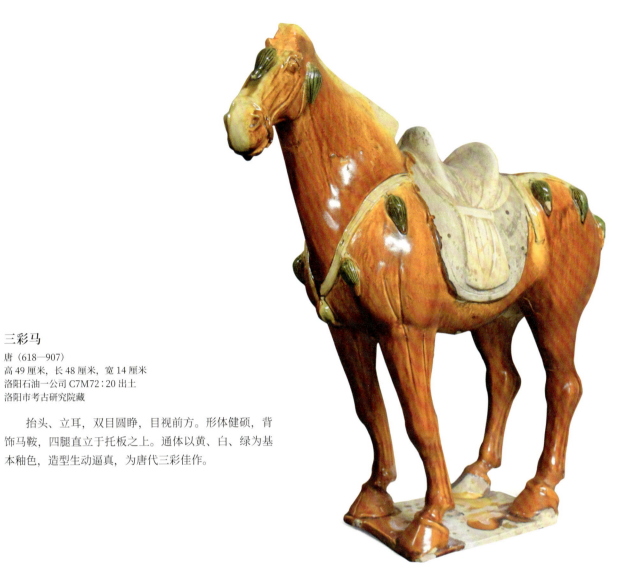

三彩马

唐（618—907）

高 49 厘米，长 48 厘米，宽 14 厘米

洛阳石油一公司 C7M72：20 出土

洛阳市考古研究院藏

抬头、立耳，双目圆睁，目视前方。形体健硕，背饰马鞍，四腿直立于托板之上。通体以黄、白、绿为基本釉色，造型生动逼真，为唐代三彩佳作。

蓝釉双龙柄尊

唐（618—907）

高 32 厘米，口径 8.8 厘米，底径 7.7 厘米

1998 年洛阳偃师唐恭陵哀皇后墓出土

洛阳博物馆藏

　　盘口，细长颈，圆肩，鼓腹，平底。肩至尊口饰相对的两个龙形柄，龙衔尊口。施蓝釉基本到底，底部无釉。

　　此尊线条简洁，做工考究，是单色釉三彩的代表作，展现了初唐时期陶瓷艺术的最高水平。

鎏金铁芯铜龙

唐（618—907）

高 34 厘米，长 28 厘米

1975 年西安市南郊草场坡出土

陕西历史博物馆藏

铜龙通体鎏金，身体细长，前足紧抠地面。龙头与上身呈"S"形，龙嘴微张，露尖齿与龙舌，两眼圆睁，直视前方。龙角紧贴头部向后伸展，一簇鬃毛自龙角下方向后飞扬。脊毛自龙头后方沿龙背中部似波浪般延伸至尾。龙躯反曲向上，龙尾高高上扬。

整条铜龙身体流畅，极富动感，体现出唐代龙的生动美与气势美，堪称精品。

鎏金铜龙

唐（618—907）

高 13 厘米，长 22.5 厘米

洛阳关林练庄段 C7M1724：3 出土

洛阳市考古研究院藏

铜龙由青铜铸造而成，通体鎏金。仰头，张口吟吼状，长舌前伸，上吻较长，头顶双角向后平伸，角上饰有凸结，双目直视前方。颈部高挺，身体修长，长尾舒展尾尖部上卷，背鳍凸起延至尾部。右腿前伸，左腿后蹬作行进状。四肢上部及龙身饰有鳞片。

整条龙制作深得龙之神韵，看似细弱，实则雄健、刚毅，是难得的精品。

三彩盏

唐（618—907）

直径 10 厘米

洛阳金山豫博阳光小区 2 号楼 M90 HM837：5 出土

洛阳市考古研究院藏

　　盏呈花瓣形。盏身施多彩釉色，黄、绿、蓝等色相互交融，自然晕染。线条流畅优美，若花朵盛开。

　　三彩盏作为唐代日常生活中的实用器皿，常用于盛放食物或饮品。此三彩盏是唐代三彩陶瓷的代表之一。不仅展现了唐代陶瓷工艺的高超水平，更体现了唐代社会繁荣与文化交流的广泛性。

云雁纹三彩三足盘

唐（618—907）

直径 29 厘米

洛阳新区唐墓出土

洛阳市考古研究院藏

　　盘敞口，平底，下承三足。内外壁以黄、绿、蓝、白色釉。底盘及三足内侧裹以黄釉。盘心刻以莲花纹饰，内外两层花瓣与中心花蕊数量皆为八组，寓顺和吉祥之意。釉色绚丽，造型规整。盘心图案以刻花方法填彩而成，画面呈现凹凸状，立体感强。胎质致密，色调清新淡雅，在三彩盘中较为少见，堪称精品。

三彩贴花球腹罐

唐（618—907）
高 20.5 厘米，腹径 21 厘米，口径 13 厘米
洛阳营庄公社井沟大队朱家湾村采集
洛阳市考古研究院藏

　　罐为圆口、球状腹，底部平坦，下有三足裹以黄釉。盖面微隆，上饰宝珠形纽，下与罐口紧密结合，罐腹相间饰三组三彩贴花，整体圆润饱满，线条流畅，工艺精湛。

三彩莲花形口乳丁纹盏

唐（618—907）
口径 18 厘米
1982 年洛阳市伊川县鸦岭乡唐墓出土
洛阳博物馆藏

　　莲花形敞口，弧腹下收，平底，圈足。内壁饰以白、蓝、红相间的条带纹；外壁饰乳丁纹，施红釉。

　　该盏整体色彩圆润饱满，纯度较高，斑斓绚丽，呈现出一种富丽堂皇的雍容气度。

三彩建筑模型（20 件）

唐（618—907）

高 4.2—26 厘米，长 6.2—28.5 厘米，宽 3.1—15 厘米

1959 年陕西西安墓葬出土

陕西历史博物馆藏

　　用高岭土为胎制成的一座比较完整、规模较大的陶质庭院式建筑群模型，由门厅、方亭、平桥、圆亭、水槽、槅板、靶板、水井、踏碓、正室、厢房等20个单体组成。中轴线上依次为门厅、方亭、平桥、圆亭、正室，两边对称各分布五间大小相同的厢房，庭院内设吊井、踏碓，摆放靶板、水槽和槅板等生活用具。门厅正中双开大门，各式建筑顶上覆绿色琉璃瓦。其中两间厢房内设有灶头、猪圈。

褐地花卉纹锦半臂

唐（618—907）
通袖长 86 厘米，衣长 67 厘米，领口宽 12 厘米，下摆宽 52 厘米
甘肃省博物馆藏

　　圆领，衣长及腰。修复时在腰部位置发现有褐色襕，故以相似现代面料还原衣襕。文物通体以褐地锦制成，锦上以红、蓝色丝线显花，饰以四角互相交叠的方形，其内饰卷尾花卉纹样，形成连续图案。半臂反面有一贯通式肩襕，为深褐色丝线织成，纹饰为二方连续花卉纹样。

（北宋）赵佶摹张萱《捣练图》
波士顿美术馆藏

　　《捣练图》描绘了唐代城市妇女在捣练、理线、熨平、缝制劳作时的情景。唐代的丝织工艺几乎遍布全国，并且在纺织技术、染色技术、纺织机械等方面都有改进和创新，对后世影响深远。

红地联珠团窠纹锦袜

唐（618—907）
通长 16 厘米，其中袜桶长 9 厘米，宽 16 厘米，袜底长 23.5 厘米
甘肃省博物馆藏

　　锦袜由两部分组成，袜面为红地联珠团窠对鸟纹锦，袜筒为黄地宝花团窠对鹿纹锦。两块织锦纹样都残缺不全，袜面只存联珠团窠对鸟纹样的局部及团窠间的十字花。从残存宾花可以看出，十字花花心为六瓣，花叶为卷尾花叶与圆形花叶相互交替。袜筒残存黄地宝花团窠对鹿纹锦局部，团窠宝花应为八瓣花，其中每一瓣中有两小瓣相同花及一小片不同花样组成。此锦当即史称的"陵阳公样"。

褐地刺绣花卉纹绫袋

唐（618—907）

高 12.52 厘米，底径 7.8 厘米

甘肃省博物馆藏

整体略呈椭圆形，暗花绫为主要材质，绫上以两种颜色绣线锁线绣，绣出多层联珠环和几何花卉，花卉为三瓣花，无叶。中间部位同样用锁线绣绣出两条直线，两线间绣以圆形珠状花，底部亦绣双层珠状纹饰。上端缀可抽系的系带四根。

红地刺绣圆珠纹绫袋

唐（618—907）

高 12 厘米，底径 8 厘米

甘肃省博物馆藏

整体略呈椭圆形，为连续几何纹暗花绫。其上主花以锁线绣绣出多层联珠环纹饰，纹饰为大、中、小三环相互套叠。主花旁为同样绣法绣成的卷草纹饰，与主花相互映衬，体现出花卉的完整性。中间以锁线绣方式绣出数条直线，相邻两条直线间绣三瓣花卉为内部装饰；底部亦绣以与主花相同的三层环状纹饰。上端袋口为同色丝线编绣而成，缀以两种丝线制成的可抽系的系带。

番锦襟袖黄地团窠宝花纹锦半臂

唐（618—907）

通袖长 92.5 厘米，衣长 72 厘米，袖口宽 35.45 厘米，下摆宽 81 厘米

甘肃省博物馆藏

　　此为唐代常见半臂形制。领形为交领，衣长及腰。衣身由两部分织锦组成，主体为黄地团窠宝花纹锦，宝花为八簇团窠花蕾，中心部位为四瓣团花；宾花以十字花作为装饰，十字花中间又衬以四瓣团花。图案整体层叠反复，饱满浑厚。衣襟和衣袖部分为蓝地联珠团窠宝花纹锦，主花红地，白色联珠为窠。窠内宝花由八瓣团窠花组成，其中四瓣相同，颜色略有差异；八瓣花之内为花蕊重叠的宝花图案。大团窠花之外再饰十字花互相连接。

黄地宝花锦

唐（618—907）
纵 14 厘米，横 16 厘米
中国丝绸博物馆藏

　　图案可分为内外两环。内环以白色柿蒂花纹为中心，伸出八出蓝色柿蒂花叶，每两叶之间装饰五瓣小花。外环内层装饰折枝花纹，外层为花苞式宝花。图案以圆形为主，似俯视的花朵。整体布局具有很强的几何意味，装饰性很强。

黄褐色莲花纹绫

唐（618—907）
纵 29.5 厘米，横 19.5 厘米
中国丝绸博物馆藏

　　斜纹地上起斜纹花的暗花织物在唐代开始出现。白居易《缭绫》"异彩奇文相隐映，转侧看花花不定"，所述即这种暗花效果。据残存图案推测，应是大型缠枝花卉，能清楚辨认出莲花。花叶描绘精细，这种写实的花纹始见于晚唐织物，沿用至今。

团窠联珠对羊纹锦

唐（618—907）

纵 16.5 厘米，横 15.5 厘米

中国丝绸博物馆藏

　　此件织锦残存一比较完整的联珠圈。联珠圈内的棕榈形花台上站立一对大角山羊，角上无分叉。褪色情况较为严重，山羊身体的下半部分和腿部色彩晕染厚重，只能依照纬线变换的痕迹隐约辨认出两腿轮廓。

红地团窠对鸟纹锦

唐（618—907）

纵 42 厘米，横 49 厘米

中国丝绸博物馆藏

　　由大小不一的多层联珠环构成团窠骨架，团窠内为一对鸟图案。鸟的尾羽上翘，颈部、胸部、腹部等处装饰有联珠带，头部由联珠圈构成圆形头光，颈后有两条平行的结状飘带。这也是萨珊波斯艺术品中常见的装饰纹样。脚下各有一只奔跑的小兽。团窠外布置对称的十字花。

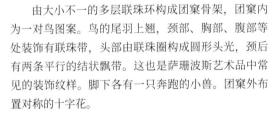

備急千金要方卷第二十六 食治

朝奉郎守尚書……林億 等校正

金澤文庫

序論第一
果實第二
菜蔬第三
穀米第四
鳥獸第五 玉魚附

新校備急千金要方序

昔神農嘗百藥以辨五苦六辛之味……

(唐) 孙思邈《备急千金要方》
清光绪四年长洲黄学熙刊, 江户医学据北宋本影刻本

　　《备急千金要方》集唐代以前诊治经验之大成, 是中国古代中医学经典著作之一, 被誉为中国最早的临床百科全书, 对后世医学影响极大。

盛"光明碎红砂"银药盒
唐(618—907)
高 6.3 厘米, 直径 17 厘米
1970 年西安市南郊何家村窖藏出土
陕西历史博物馆藏

　　捶揲成形, 通体光素。盖面与盖底均隆起, 子母口式扣合。盖面与盖内均有相同的唐人墨书题记:"光明碎红砂一大斤四两, 白玉纯方胯十五事失玦, 骨咄玉一具, 深斑玉一具, 各一十五事并玦。"出土时银盒内所藏物品与题记相符。

　　光明碎红砂是唐人对一种上等朱砂的称谓。唐《新修本草》称:"最上者名光明砂, 大者如鸡卵, 小者如枣栗……光明照彻。"此种丹砂开片解理处颜色鲜艳并有光泽, 故有此种称谓。

铜熏炉

唐—五代（618－960）
通高33.2厘米，盘口径25.5厘米
台州市博物馆藏

熏炉由炉盖、炉身两部分组成。盖面高隆，饰如意云头纹，扇形镂孔均匀排列，形似龙鳞。盖顶饰覆莲纹，纽为莲台高坐狻猊出香口。炉身圆盘状，花口宽折沿，与盖口沿相扣合。炉身腹部置五花形组链环，底部置五兽蹄形足，使熏炉既可平放，也可悬挂。该炉工艺精湛，为装饰美学的集大成者。

莲花纹石熏

唐（618—907）
高29.5厘米，底径14.5厘米
陕西历史博物馆藏

石质，分熏身、熏柄和圈足三部分。盖雕多重莲花，炉身呈半圆形，炉柄设多道弦纹，下设覆盘状覆莲纹深圈足。整体大气庄严。

三彩方形枕

唐（618—907）
高 5.6 厘米，长 12.5 厘米，宽 10.1 厘米
河南省文物交流中心价拨
河南博物院藏

　　体呈近似正方形，方角，四侧枕墙与底部近垂直。通体施釉，底部涩胎。枕面两边高中部低，以凹线纹分隔成三层装饰，最里层为六朵花，最外为逗号形纹。枕面上白、蓝、黄、橙红等色规矩地施在花朵的界限内，最外面蓝色在四角，与绿色相间隔。中间是橙色与白色，最中心是白、黄、绿色。色彩与纹饰被陶工巧妙安排，整体显得华丽绚烂。

三彩枕

唐（618—907）
高 5.5 厘米，长 12.5 厘米，宽 10.1 厘米
1978 年 3 月义乌县田心公社田心四村出土
义乌市博物馆藏

　　长方形，枕面微内凹。枕面上刻划出内外两个长方形，并刻划交颈鸳鸯戏莲纹，其余各面均为素面。灰白胎，釉以绿、黄两色为主，多处已剥落。

寿州窑黄釉腰圆形枕

唐（618—907）
高 9 厘米，长 16.2 厘米，宽 9.8 厘米
淮南寿县治淮出土
安徽博物院（安徽省文物鉴定站）藏

　　枕面为腰圆形，两端略翘，中间微凹。枕体中空。除底部外，通体施黄釉。平底，底部施护胎釉，留有一通气孔。

巩县窑白釉盒

唐（618—907）
高 20 厘米，口径 23.6 厘米，足径 11.5 厘米
首都博物馆藏

　　高圆盖，盖面微隆起；盒身与盒盖子母口扣合；盒身斜壁，浅圈足。底有墨书"乐"字。内外施白釉，外壁施釉不及底；釉面有垂流痕迹，俗称"泪痕"。盖面饰两道弦纹。

　　陶瓷盒具在唐代颇为盛行。巩县窑则是我国北方烧制白瓷的代表性窑场之一，北魏时期已烧制白瓷，隋唐时期臻于成熟。

青釉瓷盒

唐（618—907）
高 2.5 厘米，口径 4.3 厘米，底径 3.3 厘米
苏州博物馆藏

　　扁圆形，盖、盒造型相近，上下子母口扣合，直壁，盖顶隆起，腹下微收。胎壁较厚，胎质坚硬。通体施青釉，釉面莹润，釉色淡雅，盒面局部因釉薄而微微泛白。

　　瓷盒在唐代以圆形为主，多为素面，至晚唐、五代时盒面多刻划花纹，器足渐高外撇，主要为日用器，多用于盛放妇女化妆品，有粉盒、砵盒、油盒、黛盒等；此外也有药盒、镜盒或专门盛放香料之盒。

　　大唐文化是中华民族传统文化中最具影响力与传承力的高峰，博大精深，辉煌灿烂。不仅在诗词、文学方面独树一帜，在绘画、雕塑、书法、音乐等领域也令世人叹为观止，名家辈出，璨若星河。唐代绘画以吴道子为尊，雕塑则以杨惠之为圣，二人师出同门，皆"夺得僧繇神笔路"。唐代书法继"初唐四大家"之后，颜真卿得笔法于"草圣"张旭，破二王书风而开创新书体，对后世影响极大。另有，李白、杜甫诗情光焰万丈，韩愈、柳宗元古文雄大精悍……都是大唐文化辉煌的代表。

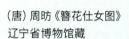

（唐）周昉《簪花仕女图》
辽宁省博物馆藏

　　《簪花仕女图》是唐代大画家周昉的名画，描绘了唐代贵族妇女于春夏之交盛装赏花游园的娱乐场景。周昉的仕女画，所绘仕女衣裳简净，色彩柔丽，容貌丰腴，是典型的唐代仕女作，被称为"周家样"，有"画仕女，为古今冠绝"的美誉。

彩绘提包女俑

唐（618—907）
高 24 厘米
洛宜铁路钻编 M34 出土
洛阳市考古研究院藏

　　女俑站立，高挽髻，右手抚于腹部，左手托一钱袋，于臂弯处挎一长带方包，身着短袖及地长襦裙，腰带系为蝶结形。双目平视，神情自若。

　　该俑出土于高等级贵族墓，专家推测女俑携带的挎包材质应为布艺、皮革制品，或是用布包裹着的方盒。这件挎包女俑体现了唐代女性的社会风采和超前的审美意识。

（唐）吴道子（传）《送子天王图》 日本大阪市立美术馆藏

　　《送子天王图》是吴道子根据佛典《瑞应本起经》创作的纸本墨笔画，一说宋人摹本。吴道子（约680—759），唐代著名画家，尤精于佛道、人物画，后世尊称为"画圣"。所画人物衣褶飘举，线条遒劲，具有天衣飞扬、满壁风动的效果，故有"吴带当风"之美誉。

（唐）韩滉《五牛图》 故宫博物院藏

　　《五牛图》是目前所见最早的纸质绘画，具有唐代纸张的特点。韩滉任宰相期间，注重农业发展，此图可能含有鼓励农耕的意义。《五牛图》是其作品的传世孤本，也是仅存数件的唐代纸绢绘画真迹之一。

（唐）颜真卿《颜勤礼碑》（局部）　西安碑林博物馆藏

　　《颜勤礼碑》是唐代书法家颜真卿71岁时为其曾祖父颜勤礼书写的神道碑。碑文原为四面刻，现存正书三面，计44行，每行36字，为颜体楷书艺术的巅峰之作。碑石于1922年出土于陕西长安旧藩廨库基中。

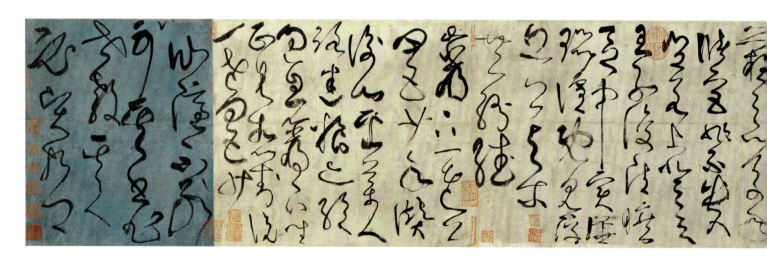

（唐）张旭《草书古诗四帖》　辽宁省博物馆藏

　　《草书古诗四帖》是唐代"草圣"张旭的巅峰之作，前二首为庾信的《步虚词》，后二首为南朝谢灵运的《王子晋赞》和《四五少年赞》。

西京史思言澄泥砚

唐（618—907）
长 12.7 厘米，宽 7.8 厘米
首都博物馆藏

　　陶制，砚色黄褐，形式古朴，略显滞板，周身土浸。砚池平浅。砚背有凸印"西京南关史思言罗土澄泥砚瓦记"2行14字款识。

　　澄泥砚是中国古老的传统工艺品，质坚耐磨，储墨不涸，积墨不腐，历寒不冰，呵气可研，不伤笔，不损毫，备受历代帝王、文人雅士推崇，与端砚、歙砚、洮河砚并称为四大名砚。唐代澄泥砚以虢州为第一。

三彩辟雍砚

唐（618—907）
高 3.2 厘米，直径 7.5 厘米
陕西历史博物馆藏

　　砚面凸起，不施釉，利于研墨；砚面与砚边间环以凹槽，可以存储墨汁，以避免外溢。砚底按等距贴塑多只兽首足，形成环形圈足。砚外壁、口沿及兽首足上施黄绿白相间的三彩釉。

　　辟雍砚是隋唐时期盛行的陶瓷类砚台的典型形制之一，其因砚面呈圆形且周边环水，形似辟雍台建筑而得名。

佛教造像

　　唐代佛教造像如佛、菩萨等都有走向世俗化和人性化的特点。造像多面貌端庄、慈祥、温和，风格多样，造型优美，技巧纯熟。洛阳龙门石窟、敦煌莫高窟等都是盛唐石窟艺术精品，代表了中国唐代佛教造像艺术发展的高峰。

石佛坐像

唐（618—907）
高 199 厘米，宽 79.5 厘米，厚 67 厘米
龙门石窟研究院藏

　　佛像为圆雕，结跏趺坐于八角形束腰须弥高座之上。佛顶肉髻"品"字形涡旋状发纹，面相圆润，眉目清秀，双眼微开，双耳轮廓清晰，鼻梁直挺。内着袒右僧祇支，身着袈裟，下摆悬垂于座台四缘。左手覆掌触膝，右手抬于胸侧。袈裟衣褶刻画简洁自然。此像比例匀称，表情恬静、慈祥可亲，应为初唐佛教艺术雕刻之绝品。

石雕佛头像

唐（618—907）

高33厘米，宽24厘米，厚23厘米

擂鼓台遗址保护工程清理出土

龙门石窟研究院藏

　　佛头像雕刻精美，头顶有高肉髻，肉髻和发髻表面饰品字形水涡纹，头两侧和后部发纹呈波浪状起伏，面相丰满圆润，长眉细目，眼睑微启，直鼻，鼻尖稍残，双唇饱满，曲线柔和，下颌圆润，颌下有内凹弧线，神态恬静祥和，具有鲜明的龙门盛唐造像风格。

石佛坐像

唐（618—907）
高 101 厘米，宽 56 厘米，厚 56 厘米
奉先寺遗址考古发掘出土
龙门石窟研究院藏

　　佛像高肉髻，遍饰小螺发，容仪具足，宽眉，细眼微睁下视，眼尾略向上挑，鼻部略残，双唇紧抿，唇瓣丰满，双耳齐平，颈部有横向三道节纹。身披宽松大衣，胸前露出内衣领口和系带，线条清晰流畅。右手向上掌心向前，五指全部缺失，左手掌心向下，五指伸开轻抚于左膝上。衣裾包裹双腿，结跏趺坐于圆形复瓣仰覆莲束腰台座上。

鎏金铜佛像

唐（618—907）

高 8 厘米

1974 年洛阳北郊唐代窖藏

洛阳市考古研究院藏

　　佛像结跏趺坐于须弥座，下有四足方座支撑。佛顶上方有一尊小像。其背光以镂空装饰，增添了神圣感。

鎏金铜佛坐像

唐（618—907）

高 11 厘米

陕西历史博物馆藏

　　佛面额广颐圆，似面含微笑。身着袒右肩下垂式袈裟，左手抚膝，右手施无畏印。结跏趺坐于莲座上。后设背光。莲座下接三层八边形台座，台座下承镂空壶门方床。

鎏金铜菩萨像

唐（618—907）
高 12 厘米
1974 年洛阳北郊唐代窖藏
洛阳市考古研究院藏

　　菩萨面相慈祥，微含笑意，头戴宝冠。双耳挂大耳珰，项戴璎珞项链，肩搭帔帛。袒露上身，下身着裙。这尊造像展现了当时高超的金属铸造与雕刻技艺，是研究佛教艺术及历史文化的珍贵实物。

鎏金铜七佛像

唐（618—907）
高 10 厘米
1974 年洛阳北郊唐代窖藏
洛阳市考古研究院藏

　　此佛像为扇形背屏，其上错落分布七尊小立佛，状似莲花盛开。佛像身姿各异，线条略显模糊。背屏插于镂空壸门方床上，底座稳固。整体造型精巧，尽显当时佛教造像艺术的独特魅力，对研究当时佛教艺术风格、宗教信仰以及铸造工艺等，都具有重要价值。

鎏金菩萨铜立像

唐（618—907）

高 17.4 厘米，长 4.1 厘米，宽 2.8 厘米

1993 年台州三门县沙柳街道路上周村出土

三门县博物馆藏

　　菩萨头戴高冠，面相圆润。上身袒露，颈
饰项圈，下着贴体长裙，帛带搭肩绕臂蛇形垂
落。左手上扬，右手下垂提一物，扭胯，跣足
立于仰莲座上。原底座缺失。

铭文铜钟

唐广德元年（763）

通高 45 厘米，口径 25 厘米，重 13.25 千克

1977 年诸暨市青山乡蕾山村水口庵遗址出土

诸暨市博物馆藏

　　器身呈圆筒形，顶端为对称龙头鼻纽，肩与下腹间饰弦纹两周，钟身下腹部饰凸起的宽带纹一周，相对铸有承击的小圆墩两个。钟身上下纹饰对称，均以双线勾勒，分上下各四区，共8格，每格内填线空白方框，框外镌刻铭文："维唐广德元年岁次癸卯朔十一月廿日越州诸暨县石渎村檀越主僧道勤僧难陁奉为亡兄承之铸钟一口　用铜卅五斤　永充供养。"其余铭刻多为经语。该器造型稳重端庄，制作精良，保存完整。

铜金涂塔残片

五代吴越国（907—978）
高 9.2 厘米，厚 7.2 厘米
兰溪市博物馆藏

　　佛教用器。近梯形片状，实为古印度窣堵坡（汉塔）之一面。上部为壸门，内有四菩萨像及二伏虎。《佛本生故事》载有释迦牟尼于成佛前无数世时割肉饲虎故事，故疑为释迦牟尼，左右为阿难、迦叶等，均为梵相。下部铸为须弥座，浮雕三座佛。背刻"吴越国王钱弘俶敬造八万四千宝塔乙卯岁记"铭文。

万国来朝

　　开放包容、自强自信的大唐王朝经济发达，文化、军事、政治、科技世界领先，吸引各国使臣、学者、商人等潮涌而来，遍及广州、扬州、洛阳等都会。而繁华以长安为最，乐居长安的外国人达数万之多。各国人民以能来大唐留学、经商、旅行为荣，唐人到外国聘问、经商也络绎不绝，中国成为亚洲诸国经济、文化交流的桥梁和中心。唐代对外交往之频繁、范围之广阔、方式之多样、成果之丰硕，形成了"九天阊阖开宫殿，万国衣冠拜冕旒"的盛况。

民族交流

　　秦汉是多民族国家形成的第一个关键历史时期。但魏晋以后陷于民族混战。直至唐王朝建立，对周边民族采用怀柔政策，通过册封、和亲等多种方式与突厥、回鹘、铁勒、契丹、靺鞨等民族保持密切的联系。开明友善的民族政策大大减少了各民族间的隔阂，增强了民族间文化互补融合，形成了多民族共同发展交融的宏大局面。

(唐) 阎立本《步辇图》　故宫博物院藏

　　贞观十四年（640），吐蕃王松赞干布仰慕大唐文明，派使者禄东赞到长安通聘。《步辇图》所绘是禄东赞朝见唐太宗求娶文成公主入藏的故事。文成公主入藏是唐代最著名的和亲事迹，对汉藏两族的友谊做出了重要贡献。唐代民族和亲政策具有主动、开放、平等的特点，积极推动了唐代中国各民族的融合，也为唐王朝政权的稳定和繁荣发挥了积极的作用。

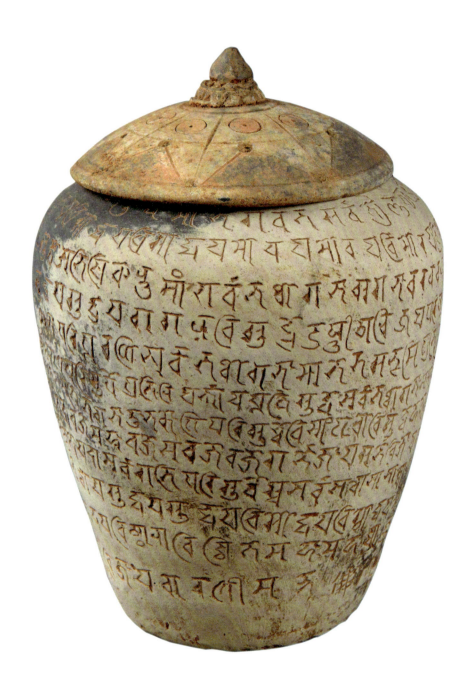

陀罗尼经文陶罐

唐（618—907）

高 25 厘米，口径 9.5 厘米

陕西历史博物馆藏

　　溜肩，斜腹下收，平底，肩腹外壁刻有12圈陀罗尼经文。
弧形盖，蘑菇纽，盖面上彩绘图案。

鹰首白瓷壶

唐（618—907）
高 22 厘米，腹径 17 厘米
洛阳皂角树龙康小区 C7M1404：6 出土
洛阳市考古研究院藏

　　盖与壶嘴紧密贴合，作鹰首状，尖钩喙，双目炯视前方。上有鹰冠、双立耳，盖下有榫插于壶口内。流口向前伸展形成鹰的下喙，与壶盖鹰的上喙紧密衔接。口沿顺肩而下形成一弧形柄。束颈，平滑斜溜肩，呈逐渐圆鼓的下垂腹，喇叭形圈足。通体施白釉。造型具有波斯萨珊式的风格，巧妙地将外来文化与传统的民族艺术结合在一起，展现了唐代陶瓷造型上的创新，属唐代白瓷精品。

三彩女俑

唐（618—907）

高 27 厘米

洛阳龙门啤酒厂 C7M27：82 出土

洛阳市考古研究院藏

　　女俑头部施粉彩，高挽髻，身着"V"形开领橘色长裙，身披帔帛。装束具有武周时期颀长明艳的风格。唐代早期的女士所追捧的依然是纤细婀娜、大度外放的美学风尚。

三彩武士俑

唐（618—907）

通高 41 厘米

洛阳市考古研究院藏

　　武士俑面部敷粉画彩，不施釉，全身施黄、绿、白三色釉。头束发髻，二目圆睁，双眉浓重，大鼻头，面相异常凶猛。身穿光明甲，胸前左右各有一圆护，左手叉腰，右手握拳置于腹前，似握一长兵器。

彩绘打马球俑

唐（618—907）

高 8.5 厘米，长 14 厘米

1981 年陕西省临潼县关山出土

陕西历史博物馆藏

　　两位骑手头扎幞头，左手持缰，伏身马背，双膝紧夹马身，右手似挥球杖，马作疾驰状。

　　马球发源于古波斯，先传入吐蕃，唐初传入中原而风靡一时。这两件打马球俑就是这项体育运动在唐代流行的见证。

丝绸之路

　　丝绸之路，广义上分为陆上丝绸之路和海上丝绸之路。唐代对外交通的发达为国际交往提供了有利的条件，丝绸之路进入最为繁荣的时期。丝绸之路经过西域，可达中亚及印度等国。海丝之路以广州为主要港口，可至东南亚各国及波斯湾等地；从辽东半岛、山东半岛和东南沿海登舟，可浮海东通朝鲜、日本。当时的唐王朝与三百多个国家和地区通使交往，可谓是陆路驼马商旅不断，海路船只远涉无数。唐代丝绸之路的畅通繁荣，也进一步促进了东西方思想文化交流，在多方面产生了深远而积极的影响。

（唐）玄奘述，辩机撰《大唐西域记》　宽永（日本年号）年间木活字印本

　　贞观初年，玄奘从长安出发，由丝绸之路经中亚等地，往印度取经、讲学，历时十六年。《大唐西域记》就是玄奘根据沿途见闻所著，记载了沿途很多国家的政治、社会、风土民俗等，是研究印度、尼泊尔、巴基斯坦、孟加拉国、斯里兰卡等地古代历史地理的重要文献。

（镰仓时期）佚名《玄奘三藏像》
东京国立博物馆藏

　　玄奘（602—664），唐代高僧，我国汉传佛教四大佛经翻译家之一，中国汉传佛教唯识宗创始人。

（明）朱棣编《神僧传》九卷中所载"鉴真东渡"　明永乐十五年内府刊本

　　唐朝时，很多中国人都为中日文化交流作出了贡献，最突出的是高僧鉴真。鉴真是扬州的名僧，律宗大师。天宝元年（742），日僧荣睿、普照到扬州大明寺邀请鉴真赴日传授戒律，鉴真欣然接受，但此后十余年中，五次东渡都宣告失败。他以百折不挠的精神进行第六次东渡，终于在天宝十二年以66岁的高龄成功抵达日本。鉴真在日本生活十年之久，促进了日本佛学、医学、建筑和雕塑水平的提高，受到中日人民和佛学界的尊敬。

漆衣黑釉钵

唐（618—907）

高 7.5 厘米，口径 18.8 厘米

洛阳粮食局 1303 仓库 C7M48：5 出土

洛阳市考古研究院藏

　　圆唇，敛口，深弧腹，小圜底。胎质较细，胎体轻巧，通体髹黑色漆衣，釉面光滑细腻，呈现出油润的金属光泽。这是一件精致的实用饮食器。

波斯金币

直径 0.21 厘米，厚 0.16 厘米，重 2.8 克
2012 年河南省洛阳市涧西衡山路北魏 M926 出土
洛阳市考古研究院藏

  一面为东罗马帝国皇帝阿纳斯塔修斯一世（491—518年在位）半身像，戴冠并飘绦带，联珠为饰，右手持矛扛于右肩。一面为维多利亚胜利女神站像。人物细节与衣纹均刻画细腻，有拉丁文铭文。

波斯银币

直径 2.8 厘米，重 3.9 克
洛阳岳家村 M30 出土
洛阳市考古研究院藏

  不规则圆饼形状。波斯萨珊王朝卑路斯时期（459—484）铸造。正面饰王者半身像，面向左侧，鼻梁高挺，口部平直，耳有珠珰，颌下留须，颈项绕璎珞一匝，面部表情庄重威严，突出了君主的神圣性与不可侵犯的地位。王像周围有一圈联珠纹外框。背面中央有一祭台，两侧有祭司，台盘上端有珠形物10枚，左侧有五角星，右侧有一弯曲的明月。两祭司的后部和正面王者像的前后都有文字。

金筐宝钿团花纹金杯

唐（618—907）

高 5.9 厘米，口径 6.8 厘米

1970 年西安市南郊何家村窖藏出土

陕西历史博物馆藏

侈口，弧腹内向，带圈足。把为环形，呈叶芽状。杯把焊接于叶形垫片上，垫片则铆接于杯体。杯腹焊接以金丝编成的 4 朵团花。每朵团花边缘焊接排列有序的小金珠。金杯的口沿下与底足上焊接对称的 8 个云头纹饰，也焊有小金珠。圈形底足焊接于杯底。出土时，杯体内可见残渣，为使用痕迹。器底附有绿锈。杯体内壁上保留着纹路细密、同心度很高的旋纹，为采用简单车床制作所留痕。杯体为浇铸后捶击成形，器体厚重。

此杯突出地运用了掐丝编结、镶嵌、炸珠等工艺，集中体现了唐代金银器制作的高超水平。杯的形制也明显受到粟特金银器的影响，而规整的团花、精致的云头纹则为中国传统装饰的风格，是一件中西合璧的典型器物。

鎏金双凤纹银盒

唐（618—907）
直径 2 厘米
洛阳涧西区建设路 206 号 M2 发掘出土
洛阳市考古研究院藏

　　银质，局部鎏金。圆形，上盖下盒，以子母口方式盖合，盖顶面呈拱形，錾刻双凤。此银盒的出土为我们研究唐代物质文化等方面提供了珍贵的实物资料，具有极高的宗教、历史、文化价值。

（唐）阎立本《职贡图》　台北故宫博物院藏

　　《职贡图》所描绘的是唐太宗时期南洋的婆利、罗刹与林邑等国前来中国朝贡并进奉各式珍奇物品的景象。

鎏金錾花银壶

唐（618—907）

高 7 厘米，底径 7.4 厘米

陕西历史博物馆藏

　　侈口，短颈，球腹，平底。腹部刻团花图案，线条描金。此壶造型小巧可爱，纹饰层次分明，做工细腻精湛，足见"大唐匠造"之妙。

凤形包金银步摇

唐（618—907）

长 12 厘米

陕西历史博物馆藏

　　步摇基座为一只展翅欲飞的金凤，双翅舒展，凤首向前伸出。原口衔下垂珠串，已失。金凤之上用银丝弯曲绕织成大片凤尾，内留有珠玉点缀的痕迹，精致华美。

　　步摇是古代妇女插于鬓发之侧的装饰之物，同时也可固定发髻，取其步行则动摇，故名步摇。

（明）佚名《丝路山水地图》（局部） 故宫博物院藏

　　《丝路山水地图》（或名：《蒙古山水地图》）为明代中叶宫廷专为皇帝绘制的绢本地图。图上绘制了从嘉峪关到天方（今沙特阿拉伯的麦加）数千公里线路上的主要城池和山川地貌，成为丝路重要考证依据。

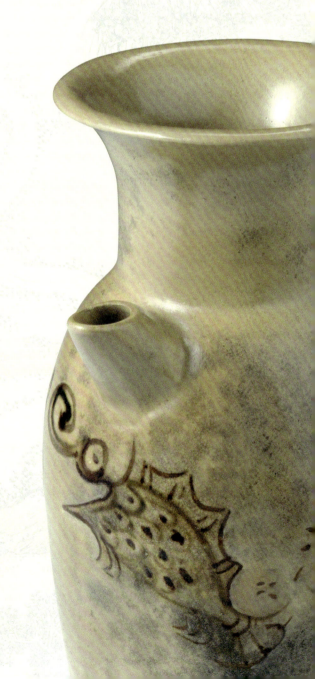

长沙窑青釉彩鱼藻纹瓷执壶

唐（618—907）
高18.5厘米，口径9.5厘米，底径9厘米
宁波市和义路遗址出土
宁波博物院藏

　　撇口，直颈，溜肩，长圆腹下敛，平底。肩部一侧置多棱形短流，对侧置带状曲柄。外施青釉，底露胎。腹部褐彩绘鱼藻纹。

　　宁波是长沙窑瓷器销往海外的主要港口，这件器物就是唐代海上丝绸之路的例证。

长沙窑青釉褐彩贴花执壶

唐（618—907）
高 18 厘米，口径 7 厘米，底径 12 厘米
1980 年温州市龙湾区状元状一村出土
温州博物馆藏

　　壶口微外翻，短颈，丰肩，圆腹，平底。肩部一侧置八棱形短流，对侧置三股藤状扁曲柄，两侧置三股藤状系。腹部装饰三组模印贴花图案，流下装饰翘檐方形宝塔，刹顶和檐上级有宝珠；两系下各饰有一跳舞胡人。胡人戴冠，深目高鼻，浓须，着窄袖胡服，腋下垂飘带，足穿长筒靴。贴花图案上和腹部置柄处均加施大块褐彩斑。胎呈灰白色，质地坚硬。除底外通体施青中泛黄色釉，釉面开细碎纹片。

三彩骆驼

唐（618—907）
高 63 厘米，长 42 厘米，宽 15 厘米
洛阳市公安局九科移交
洛阳市考古研究院藏

昂首曲颈，张口露齿。背有双峰，驼峰间垫着黄、白、绿三色花毯。驼身四腿细长，站立在长方形托板上。造型优美，色彩艳丽，生动地展现了骆驼的神态和动作。

骆驼作为西域的交通工具，在丝绸之路上扮演着重要角色。三彩骆驼不仅展示了骆驼的生理特征和动态美，还通过骆驼背上的装饰和物品反映了当时的社会生活和文化交流。

红釉骆驼

唐（618—907）

高 26.5 厘米，长 21.7 厘米，宽 7.5 厘米

洛阳龙门啤酒厂安菩墓出土

洛阳博物馆藏

　　昂首，双峰高耸，静立于长方形底板上，
通身施红釉。造型生动，神态传神。

三彩男骑马俑

唐（618—907）
高 37 厘米，长 30 厘米
华山北路国华宝居 FM56：62 出土
洛阳市考古研究院藏

　　骑俑头戴幞头，深目、高鼻，目视前方。上身后倾，着翻领紧袖绿长袄，脚蹬黑色长筒靴。双手握拳中空，若挽缰之状。马勾首直立，体形健硕，站于方形托板之上。通体施黄、绿、白色釉。

三彩牵马俑

唐（618—907）
高 21 厘米，宽 7 厘米
洛阳华山北路国华宝居 FM56：143 出土
洛阳市考古研究院

　　灰白胎。身材略矮。光头，面部五官棱角分明。内穿圆领窄袖紧身衣，外披翻领左衽及膝长袄，束腰及腹。脚穿酱色高筒靴，立于方形托板之上。身微侧，双手半握前伸，若牵马之状。颈部以上无釉。周身施黄釉、绿釉、酱釉。

三彩女骑马俑

唐（618—907）
高41厘米，长35厘米
华山北路国华宝居 FM56：83 出土
洛阳市考古研究院藏

　　骑俑头梳惊鹄髻，面部丰满，朱唇，端坐。身穿交领紧袖绿袄，酱黑色尖头长筒靴。双手虚抬于胸前，四指并拢伸直，似骑马吹奏之状。马体形肥硕，站立，马头微侧，马嘴紧闭，马脊突出，短翘尾。骑俑面、颈部无釉，身、腿分别施绿、酱色釉，马施黄、白色釉。

南经北政

1.2

　　黄河流域自古就是中国政治、经济、文化的核心区域，历朝历代的国都也大多设在北方。历史上虽有"八王之乱""五胡乱华"等战争影响，经济中心也有南移趋势，但仍以北方为重。直到唐玄宗末年的"安史之乱"爆发，大批北方百姓为躲避常年战乱，出现了"三川北虏乱如麻，四海南奔似永嘉"的南迁局面。最终促使南方的人口、赋税和粮食产量全面赶超北方，初步形成"南经北政"的格局，对后世经济文化发展产生了深远的改变。

南北通融

隋唐大运河的通畅，加速了大唐南北地区经济、文化的交流发展。运河所经之地，如汴州、扬州、苏州、杭州等地都成为物资流通之所、文化融汇之地，"商旅往返，船乘不绝"。江南地区的粮食、茶叶、丝绸、瓷器等商品逐渐在国内外形成庞大的贸易体系，为南方的经济发展带来了巨大的推动力。此外，李白、杜甫、白居易、陆羽等文人墨客往来江南，所见所闻以诗文游记传至四方，也激发了主流文化对南方的推崇，进一步加速了南北文化的融合。

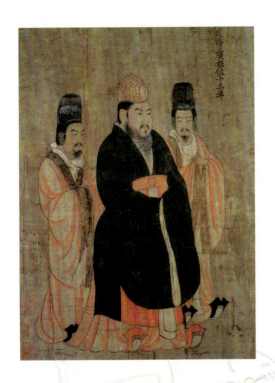

隋唐运河

隋大业元年（605），隋炀帝杨广即命开凿大运河，"发河南诸郡男女百余万，开通济渠，自西苑引谷水、洛水达于河，自板渚引河通于淮"。历经数年，终成以洛阳为中心，南起余杭（杭州）北至涿郡（北京）长达数千里的水运大动脉。唐王朝建立以后，为了保证隋唐运河各部分河道的通行流畅，进行了长期的疏浚开凿，漕运事业自此兴旺发达。隋唐运河不仅便利了江南财物向洛阳、长安的转输，而且大大加强了唐王朝南北经济、文化的交流，对后世发展有极其深远的影响和贡献。

（唐）阎立本《历代帝王图卷》（局部） 美国波士顿美术馆藏

隋炀帝杨广（569—618），隋朝第二位皇帝。他在位期间开凿的大运河大大促进了唐代的繁荣发展，给长江流域的开发注入了一股强大的动力，并最终使唐朝的经济重心发生了战略性转移。杨广文学造诣颇高，其诗歌代表作《春江花月夜》体现了隋代南北诗风交融的实绩，同时也预示了初盛唐诗歌发展的一种方向。

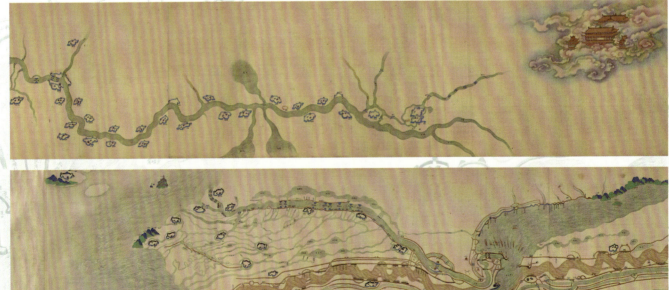

（清）佚名《大运河地图》（局部） 美国弗利尔美术馆藏

安史之乱

　　开元盛世晚期，国家承平日久，唐玄宗逐渐骄侈怠政，导致政治腐败，藩镇崛起。天宝十四年（755）十一月，持续8年之久的"安史之乱"爆发，黄河流域几乎"人烟断绝，千里萧条"。诗人杜甫亲历战乱，其"三吏""三别"道出百姓疾苦，"寂寞天宝后，园庐但蒿藜，我里百余家，世乱各东西"。唐王朝自此逐渐衰微，藩镇割据日益严重，朝廷财赋供应大多只能倚重江南东道的两浙地区和剑南道的西川地区，江南地区成为安史之乱后维系唐王朝经济命脉的根基。

（唐）李昭道（传）《明皇幸蜀图》　台北故宫博物院藏

　　《明皇幸蜀图》描绘了"安史之乱"爆发后，唐玄宗携杨贵妃、太子李亨及诸皇亲国戚，仓皇逃离都城长安，经蜀道逃亡入蜀的历史故事。画家在表现这一主题时，回避了唐玄宗逃难时的狼狈一面，而将其粉饰为一派帝王游春行乐景象。

（唐）颜真卿《祭侄文稿》　台北故宫博物院藏

　　《祭侄文稿》是颜真卿于唐乾元元年（758）追祭从侄颜季明的草稿，追叙了常山太守颜杲卿父子一门在安禄山叛乱时，挺身而出，坚决抵抗，以致"父陷子死，巢倾卵覆"、取义成仁之事。通篇笔意情如潮涌，书法气势磅礴，纵笔豪放，一气呵成，被誉为"天下行书第二"。

鎏金铜龙

唐（618—907）
高5.7厘米，长13.8厘米
苏州林屋洞出土
苏州博物馆藏

　　龙头高昂，上腭突出，下腭较短，口微张，角较短不分叉，无须，发后披；蛇颈、腹身粗壮，虎尾，缠绕在后肢上；三瓣兽足，肘毛明显。形体粗壮有力，全身饰较大的鳞片。

　　苏州市林屋洞被道家列为第九大洞天，号"左神幽虚之天"。唐玄宗始投龙于林屋洞，并在洞前建有神景宫。北宋天禧五年（1021）重修，改名灵祐观。林屋洞在北宋天圣四年（1026）裁撤投龙地后，不再是投龙场所。1982年整修林屋洞时，出土金龙、金钮、玉简、石碑、神像、陶瓷等遗物。

"岭南道税商"银铤

唐（618—907）
长27.2厘米，厚1.2厘米，重2250克
陕西历史博物馆藏

　　长方形，边角平直，表面光滑。正面中间竖向錾刻铭文"岭南道税商银伍拾两官秤"。

　　银饼和银铤大量制造和使用始于唐代。这件文物就是岭南道征收了商业税变造的银铤，用于送入国库。《通典·杂税门》注引，唐王朝在"安史之乱"后，社会生产力受到很大的破坏，国库空虚，因此"其后诸节度使、观察使，多税商以充军资杂用；或于津济要路及市肆间交易处，积钱至一千以上，皆以分数税之"。商业税征收量是很大的。岭南从隋朝始就在经济流通中广泛使用金银，唐代金银的吞吐量已相当可观，每年银的产量就多达十余万两。唐代晚期，"自岭以南，以金银为货币"。所以岭南是向中央国库输纳白银最主要的地区之一。

自秦汉时期起，南方的一些统治者就采取减轻赋税、兴修水利、鼓励农耕等发展措施，促使南方经济逐步上升。至南朝末年，已经显现出超越黄河流域的趋势。北方地区大量人口南迁，不仅为江南地区提供了大量劳动力，还带来了先进的文化和生产技术，江南农业、手工业、商业都取得了繁荣发展。唐贞元八年（792）权德舆《论江淮水灾上疏》中直言"赋取所资，漕挽所出，军国大计，仰于江淮"，韩愈《送陆歙州诗序》中也说到"赋出天下江南居十九"。此时，南方经济已稳超北方，成"天下之盛府"。

扬一益二

早在隋唐之际，扬州便因"地当冲要"发展为重要的商业城市。"安史之乱"以后，唐王朝财赋收入依赖江南税收维持，扬州作为长江和大运河交汇地带的漕运枢纽和商业重镇，成为全国各地与域外富商大贾的麇集之所。李绅《宿扬州》诗云"夜桥灯火连星汉，水郭帆樯近斗牛"，可见其繁华称冠一时。西南一带的益州（成都）物产富饶，与扬州同为当时全国商贸最为繁盛的经济中心，地位已赶超长安、洛阳。时谓天下之盛，扬州第一而益州次之，故得"扬一益二"之称。

（宋）洪迈撰，《容斋随笔》中所载"唐扬州之盛"
明崇祯三年马元调序刊本

秘色瓷穿带壶

唐（618—907）

高 22.3 厘米，口径 5 厘米，底径 9 厘米

2015 年慈溪市后司岙窑址出土

慈溪市博物馆藏

变形杯状口，束颈，溜肩，扁圆，两侧各有上下两个小横系。通体天青色釉，釉面莹润，足端有多个泥点垫烧痕。

穿带壶是古代便携式容器，主要用于盛装水、酒等，适用于行军、游猎等场景。该器即为秘色瓷，让人直观地感受到"夺得千峰翠色来"的美感。

越窑穿带青瓷壶

唐（618—907）

高 28.3 厘米，口径 4.2 厘米

1992 年台州新前屿下出土

台州市黄岩区博物馆藏

杯状口，短颈，溜肩，鼓腹，圈足。头部呈蒜头状，腹似橄榄形，肩腹部两侧各堆贴两横系。器物内外施釉，釉色青，釉层薄。该器物为越窑产品，具有较高的研究和艺术价值。

青釉犀牛望月纹花口瓷盏

唐—五代（618—960）

高 5 厘米，口径 12 厘米，足径 7.5 厘米

温岭大溪出土

温岭市博物馆藏

　　花口，圆唇，外腹壁对应凹口压印五条短直棱，斜直腹，近底处折收，圈足外斜，足底有支烧痕。内底模印犀牛望月纹。通体施青釉，釉质莹润。胎质紧密，呈灰白色。

越窑青瓷脉枕

唐（618—907）
高 7.3 厘米，长 15.5 厘米，宽 10.5 厘米
1979 年绍兴亭山大队出土
绍兴博物馆藏

　　长方体，剖面呈上大下小的梯形。拐角圆钝，前后面平齐，左右面呈弧状，上面两端微翘，中间略凹。底部中间留一小气孔，枕内中空。光素无纹。胎体紧密，通体施青釉，呈青黄色，施釉均匀，釉质温润。脉枕为切脉用具，是中医进行脉诊必备之物。

越窑青釉绞胎灵芝纹伏兽瓷脉枕

唐（618—907）
高 17 厘米，底长 12.3 厘米，底宽 8.8 厘米
宁波市和义路遗址出土
宁波博物院藏

　　枕面呈不规则椭圆形，中间嵌以褐色灵芝纹绞胎，下部以伏兽为座。施青釉不到底。底部露胎可见多处垫烧痕。绞胎装饰是越窑借鉴北方窑口的做法，较为少见。

黑釉瓷罐

唐（618—907）

高 13.4 厘米，口径 9.8 厘米，底径 8.4 厘米

1978 年兰溪市香溪镇下新方村出土

兰溪市博物馆藏

　　直口，宽唇，溜肩，圆腹，平底微凹。上腹部施黑釉，口沿及腹下部无釉呈棕红色。腹部有明显轮制痕迹。

越窑青釉钵形瓷匜

唐（618—907）

高 5.8 厘米，口径 11.6 厘米，底径 5.6 厘米

杭州市萧山区博物馆藏

　　敛口，圆唇，鼓腹，下腹急收，小平底。整体似钵形，上腹部置一小管状短流。内外兼施青绿色釉，外壁未及底，露胎处呈棕色，下腹略有垂釉现象，釉层较均匀，釉面不甚光亮，有亚光感、乳浊感，灰白色胎。造型小巧别致，胎釉结合较好。

三彩罐

唐（618—907）

高 7.2 厘米，口径 7.8 厘米，足径 4.4 厘米

义乌市博物馆藏

　　敛口，鼓腹，假圈足，上腹一侧有一圆柱状短流。口沿外壁饰一道弦纹。灰白胎，施白色化妆土，施黄、绿、白、蓝彩釉，下腹以下无釉。

越窑青瓷六系罐

唐（618—907）
高 22.5 厘米，口径 8.8 厘米，底径 10.8 厘米
1988 年绍兴县齐贤镇（今绍兴市柯桥区齐贤街道）禹降村金鱼山出土
绍兴市柯桥区博物馆藏

　　侈口，圆唇，缩颈，弧肩，鼓腹，小平底。颈肩部
饰凹弦纹数周。肩置对称横向单系和竖向双系各一对。
胎色灰白，釉色青绿。釉面光润，有细开片。整器造型
丰满，时代特征明显。

婺州窑青釉四系瓷罐

唐（618—907）
高 14.7 厘米，口径 8.4 厘米，底径 7.4 厘米
1977 年兰溪县永昌街道胡琴岗唐永徽二年（651）墓出土
兰溪市博物馆藏

　　直口尖唇，矮颈，溜肩，深圆腹，平底。腹
置泥条形四系。灰白色胎。腹肩部施梅子青釉，
釉层厚而不流，釉面光泽柔和并开冰裂；下腹部
不施釉，施化妆土。
　　出土该器物的墓是一座砖室墓，呈古币布
形，四系罐及盆碗都放在布币形顶端。墓内出土纪
年砖记载"永徽二年"，即651年。此文物的出土
为唐代婺州窑器物断代提供了重要依据。

瑞兽葡萄纹铜镜
唐（618—907）
直径 13.6 厘米
2006 年嵊州石璜镇下坂村出土
嵊州市文物保护中心藏

    圆形，伏兽纽。内区为四瑞兽同向奔
驰于葡萄枝蔓间，凸弦纹圈带内葡萄硕果
累累，外区枝蔓叶果错综交缠。

海兽葡萄镜
唐（618—907）
直径 13.2 厘米
1951 年许昌禹县白沙颍东村出土
河南博物院藏

    圆形，正面平滑光亮，镜背满饰花
纹。中心有伏兽纽，兽眼微凸，呈静态匍
匐状。纽四周饰四只高浮雕海兽，匍匐于
葡萄枝蔓之上，绕纽嬉戏，生动活泼。外
区鸾鸟、蜂蝶于枝蔓丛中轻盈起舞。此镜
是盛唐时期常见的镜类之一，铸工精良，
反映了铜镜发展鼎盛时期的工艺水平。

蝴蝶花鸟葵边形铜镜

唐（618—907）

直径 18.7 厘米

2000 年兰溪游埠镇沐早塘村出土

兰溪市博物馆藏

　　六瓣葵花形，镜背中心有圆纽，纽周围对称相间分布海棠花、展翅蝴蝶、飞翔鸾鸟各4组。

葵式花卉镜

唐（618—907）

直径 17 厘米

1984 年禹县方岗煤矿村出土

河南博物院藏

　　八出葵花形，圆纽，莲花纹纽座。主区饰六株花卉植物，纹饰充满张力，构图饱满，形象生动。

花卉纹铭文葵边铜镜

唐（618—907）
直径 15.3 厘米，厚 0.4 厘米
武义县博物馆藏

　　八出葵花形，圆纽，并蒂纹座，座外为一方框，方框四角饰4朵花，中心处间有4叶纹，再外为一正八边形联珠纹框，框的每边中心饰有一凸棱，外框与内方框间有一周铭文。

弦纹铜镜

唐（618—907）
直径 9.9 厘米，厚 1.3 厘米
武义县博物馆藏

　　圆形，圆纽，一圈弦纹。
黑漆古镜膜，异常深邃。

海兽葡萄镜

唐（618—907）

直径 14.4 厘米，厚 1.2 厘米

1980 年新昌县西门外水泥厂（今新时代广场）工地出土

新昌县博物馆藏

　　圆形，伏兽纽。双弦凸棱弦纹将镜背纹饰分为内外两区。内区置四只姿态各异的海兽（又称瑞兽），间以缠枝葡萄和四鹊相连。外区饰5只或飞翔或栖立的鹊鸟，以及枝叶蔓延、果实累累的葡萄纹。

七角斜纽素面镜

唐（618—907）

直径 20.8 厘米，厚 0.5—0.25 厘米

1989 年 11 月新昌镜岭镇黄泥田雅庄砖瓦厂出土

新昌县博物馆藏

　　圆形，素面，七角柱形纽。从中心区往边沿渐薄，黑漆古镜膜，黝黑明亮。

银鎏金鸳鸯莲纹多曲长杯

唐（618—907）
高 5.2 厘米，口径 15.5 厘米，足径 8.9 厘米
台州市博物馆藏

　　银质，椭圆形，口部内卷，深腹弧收，两侧各有六曲棱呈荷叶状，高圈足外撇，足呈花瓣状。杯内底捶揲鸳鸯莲纹，周边錾刻莲瓣，口沿饰一周三角联珠纹，莲瓣及口沿鎏金。杯外近足处刻一周莲瓣纹。此类多曲长杯为萨珊流传而来，是大唐对外来文化兼收并蓄，不断结合自身审美形成的产物。

银手镯

唐（618—907）
直径 6 厘米
1984 年义乌县新新乡岭背村唐墓出土
义乌市博物馆藏

　　环形，系用银压片盘曲而成，光素无纹。

银项链

唐（618—907）
纵 40.5 厘米，横 24 厘米
1979 年淳安夏中公社朱塔大队晚唐窖藏出土
浙江省博物馆藏

　　两端圆环各系一条粗单链。两条粗单链之间，衔接五条长单链，其中下垂的四条又各分为二，长度自上而下递增。

鱼米之乡

唐中后期，南方地区常州、湖州、明州、越州等地，都兴修了溉田以千顷计的大型水利工程。同时，农具的改进和耕作技术的提高，以及稻麦复种制的推广，使得江南地区成为唐朝政府粮食的主要来源。安史之乱以后，南粮北调越来越频繁。而江南地区又以两浙为主，尤其是越州地处宁绍平原，为江南富庶之地，居全浙之首。杜牧赞誉为"西界浙河，东奄左海。机杼耕稼，提封七州，其间茧税鱼盐，衣食半天下"。

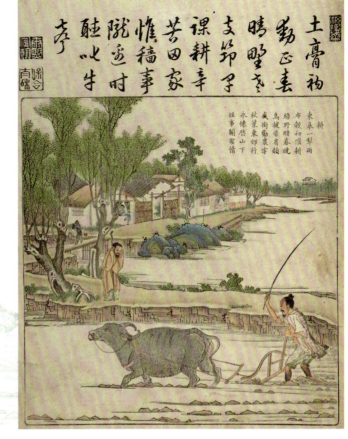

（清）焦秉贞绘，《御制耕织图》中使用曲辕犁的耕地场景
清康熙三十五年彩绘本

（明）顾起经辑，《耒耜经》中"曲辕犁"的记载
明嘉靖时期祗洹馆刊本

唐代陆龟蒙撰写的《耒耜经》是中国有史以来独一无二的专门论述农具的古农书经典著作。《耒耜经》记载的曲辕犁又称"江东犁"，晚唐时期创制于苏州地区，其特点是犁辕由直改曲，长度缩短，重量减轻，一牛一人即可操作耕田，适宜江南地区水田面积小的特点，为牛耕在江南的普及创造了条件，在我国农业史上具有划时代的意义。

诗韵风雅

1.3

　　中国是一个诗的国度，诗歌历史源远流长，佳作卷帙浩繁。作为中国诗歌巅峰时期的唐代，更是处处弥漫诗性意韵，诗作题材之广泛、艺术之精湛、数量之繁多，都是以前各个时期所无法比拟的。仅清康熙年间的《全唐诗》所录就"得诗四万八千九百余首，凡二千二百余人"。王勃、孟浩然、李白、杜甫等众多天才诗人在辽阔苍茫的祖国大地上，昂首高歌、顾盼自雄，足迹遍布江南塞北，以华美遒劲的诗章为世人再现了大唐王朝恢廓雄伟的气象。

唐诗兴起

　　唐代发达的社会经济和宽松的文化政策，对诗歌的繁荣起到了十分重要的作用。唐王朝以诗赋进仕，后来甚至非科第出身不得为宰相，这一政策快速助推了唐诗的普及与发展。唐代文人几乎无一不是诗人，只有高下之分，不存在能与不能。流风所及，稍有文化修养的僧人、妇孺等皆能赋诗。唐代诗歌的空前繁荣也开创了各具特色的风格流派，如以孟浩然、王维为代表的山水田园诗恬静幽美，以高适、岑参为代表的盛唐边塞诗激昂悲壮，以白居易、元稹为代表的新乐府诗通俗平易……唐诗是中国文学史上的一座丰碑，也是后代诗人学习和模仿的永久典范。

唐诗发展

　　唐诗的发展通常可分为初唐、盛唐、中唐、晚唐四个阶段。

　　初唐　自高祖武德元年（618）至玄宗开元初年（713），约100年。

　　初唐诗人承袭南北朝颓靡绮丽的遗风。先有"初唐四杰"（王勃、杨炯、卢照邻、骆宾王）逐渐完成了声律化过程，奠定了律诗的形式；继有陈子昂高举革新的大旗，一扫南朝绮靡、颓废的流风，为唐诗的发展开拓了道路。

　　盛唐　自玄宗开元元年（713）至代宗大历初年（766），约50年。

　　玄宗开元、天宝间，诗歌全面繁荣。李白、杜甫、王维、孟浩然、高通和岑参等名家大量涌现，他们的作品精丽华美、雄健清新、兴象超妙、韵律和谐，表现了盛唐时期共同的艺术特色。

（唐）李白著《李太白文集》
清康熙五十六年，吴门缪日芑双泉草堂仿宋临川
晏氏刊本

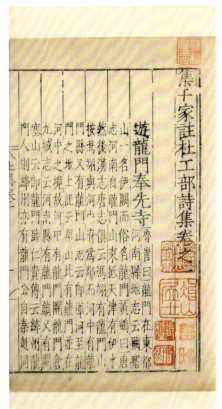

（唐）杜甫著《集千家注杜工部诗集》
明嘉靖十五年玉几山人刊本

（唐）白居易著《白氏长庆集》
明万历三十四年松江马元调鱼乐轩刊本

中唐 自代宗大历元年（766）至文宗大和九年（835），约60年。

中唐诗苑的盛况不亚于盛唐，但总体未能超出"李杜"所开创的境界。中唐诗人中的佼佼者有白居易、元稹和李贺等人。白居易与元稹曾发起诗歌创作的新乐府运动，对唐诗的发展有重大的贡献。

晚唐 自文宗开成元年（836）至昭宗天祐三年（906），约70年。

随着唐王朝逐渐走向衰落，唐诗也呈现强弩之末的状况。欧阳修《六一诗话》认为"唐之晚年，诗人无复李、杜豪放之格，然亦务以精意相高"。著名诗人杜牧、李商隐、皮日休、杜荀鹤等的创作，大都揭露社会黑暗，表示对国家命运的隐忧。

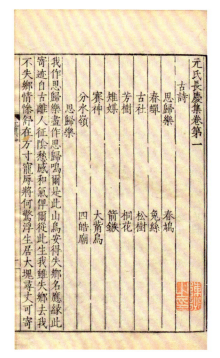 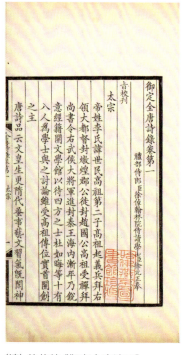 

（唐）元稹撰《元氏长庆集》
明嘉靖三十一年东吴董氏茭门别墅刊本

（清）徐倬编《御定全唐诗录》
清康熙四十五年武英殿刊本

（明）张之象辑，赵应元编次，王彻补订
《唐诗类苑》 明万历时期曹仁孙校刊本

诗赋进仕

唐代科举，进士为重。进士科在高宗时加试杂文（指诗赋），到玄宗时开始改变为以试诗赋为主。清代徐松《登科记考》载："开元间始以赋居其一，或以诗居其一，亦有全用诗赋者，非定制也。杂文之专用诗赋，当在天宝之间。"此科后来跃居独重地位，这一举措对唐诗的繁荣起了不可估量的推动作用，唐代著名诗人大都是科举考试的亲历者、胜出者。此外，唐代诗人为求取功名仕宦，献诗请托之风也极为盛行，这也成为唐代诗人的登科捷径。

（清）徐松《登科记考》

长沙窑青釉褐彩诗文执壶
唐（618—907）
高 17.6 厘米，口径 9 厘米，底径 9.6 厘米
长沙望城铜官窑窑址出土
湖南博物院（湖南省文物鉴定中心）藏

　　撇口，粗直颈，多棱短流，瓜棱腹，平底。通体施青釉。流下腹部褐彩书写五言诗一首："小水通大河，山高鸟宿多。主人居此宅，曲路亦相过。""小水通大河"说明当时长沙窑的水运便利。

　　长沙窑又称铜官窑、瓦渣坪窑，唐时称石渚（潴）窑。长沙窑的瓷器，从湘江之滨出发，过洞庭，下长江，经扬州、宁波、广州等港口出海，远渡重洋，沿海上丝绸之路行销至东亚、东南亚、南亚、西亚、北非等 20 多个国家和地区。

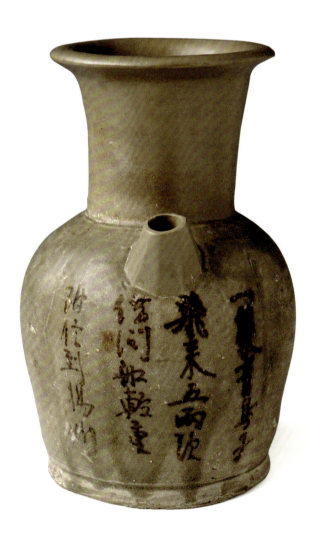

长沙窑青釉褐彩诗文执壶
唐（618—907）
高 18 厘米，口径 9.1 厘米，底径 9.6 厘米
长沙望城铜官窑窑址出土
湖南博物院（湖南省文物鉴定中心）藏

　　撇口，粗直颈，多棱短流，瓜棱腹，平底。通体施青釉。流下腹部褐彩书写五言诗一首："一双青鸟子，飞来五两头。借问舡（船）轻重，附信到扬州。"

　　"青鸟"代指信使，"五两"则是悬挂在船竿顶的测风器，一般用五两鸡毛做成。不知这送信的船只，能否载得动这满纸的思念？表达了一种深厚的思念之情。该诗也说明了扬州是长沙窑的外销港口。

盛世大唐，远游成风。以李白、杜甫、白居易为代表的大批唐代诗人壮游行吟，由都城长安和东都洛阳为起点向四面八方辐射，串联起名城大邑和名山大川。他们足迹接踵而至之地，即大量诗歌所咏之地，可称为唐诗之路。如由西都长安至东都洛阳，长安至敦煌、出阳关玉门直至西域，长安经褒斜古道入蜀，洛阳经黄河、汴河、淮河、长江、大运河至江南，钱塘至江南东道诸州等，均为唐诗之路主干道。唐诗之路是唐代诗人往返祖国名山大川走出来的文化之路，是中华文明的重要组成部分。

蜀道诗路

李白在《蜀道难》中以"蜀道之难，难于上青天"的感叹，凸显蜀道山川的险峻壮美。连接关中与巴蜀大地的蜀道，经过唐王朝精心维修，在经济上、文化上均发挥了至关重要的作用。尤其是安史之乱发生后，蜀道更是成为大唐王朝的生命之道。纵观唐朝近300年历史，李白、杜甫、孟浩然、元稹等众多诗人，或游历，或探亲，或被贬，或为官，或避乱，历经蜀道进入蜀地，创作出了不计其数的蜀道题咏，形成了"天下诗人皆入蜀"的奇观。

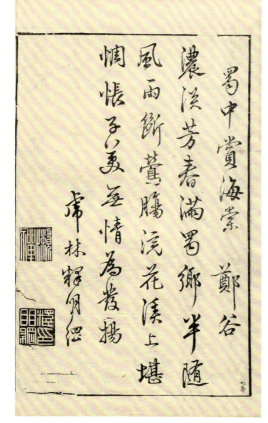

(明) 黄凤池辑《唐诗画谱》 明万历至天启时期清绘斋、集雅斋合刊本

（元）赵孟頫《蜀道难》　故宫博物院藏

　　本图描绘出李白《蜀道难》所吟咏的情景。山路逶迤而上，山峰陡峭险峻，可见大自然的鬼斧神工。人们克服艰难困苦拾级而上，虽山路险峻，但绿树红花，一路景色优美。

《分类补注李太白诗二十五卷年谱一卷》

（唐）李白撰
（宋）杨齐贤集注
（元）萧士赟补注；玉几山人校刊
明嘉靖二十五年（1546）版
高 1.5 厘米，长 30 厘米，宽 17 厘米
江油市李白纪念馆藏

　　《分类补注李太白诗》是李白诗注解最重要的版本之一。它初诞于元，盛行元、明两代，至清康熙、乾隆间王琦《李太白集辑注》出始被取代。明代，此书的刻印达于极盛，坊肆、私家纷纷刊梓，善本佳刊先后迭出，亦广布日本、朝鲜，两国皆有汉文翻刻本。朝鲜不仅有雕版本，亦排印了铜、木活字本。据统计，各种版本达18种之多，其流行之广泛，影响之巨大，在李白诗的传播史上起到了无以替代的作用。

青瓷碗

唐（618—907）
高 8 厘米，长 15 厘米，宽 15 厘米
四川江油青莲窑出土
江油市李白纪念馆藏

　　敞口，圆薄唇，口下设肩，弧腹下渐收，平底。整体施青釉，釉不及底，有流釉现象。局部褐彩。
　　青莲窑发现于1987年，是四川民窑中的青瓷古窑，分九岭和方水两个窑区。1992年，北京大学、四川省文管会和江油市文管所联合组成青莲窑考古队进行考古发掘，共发掘隋唐龙窑3座，填补了南朝到隋唐四川古瓷窑生产状况的重要历史缺环。在九岭窑区的悬崖上，还发现了身着胡服的人物形象，说明了当时已有胡人在此活动，可见中外文化交流频繁。诗句"长安少年有胡心"正是其写照。

佚名《匡山太白像碑》
北宋（960—1127）
高149厘米，宽76厘米，厚9厘米
江油市李白纪念馆藏

　　刻于北宋徽宗大观元年（1107）。为少年李白匡山读书像。碑阴刻有"宋大观取士八行科敕"字样。

　　四川江油匡山是李白隐居苦读、习剑的地方。在此十年间，李白还拜梓州人赵蕤为师，习纵横之学，谋帝王之术，并树立了"济苍生，安社稷"的远大政治思想。

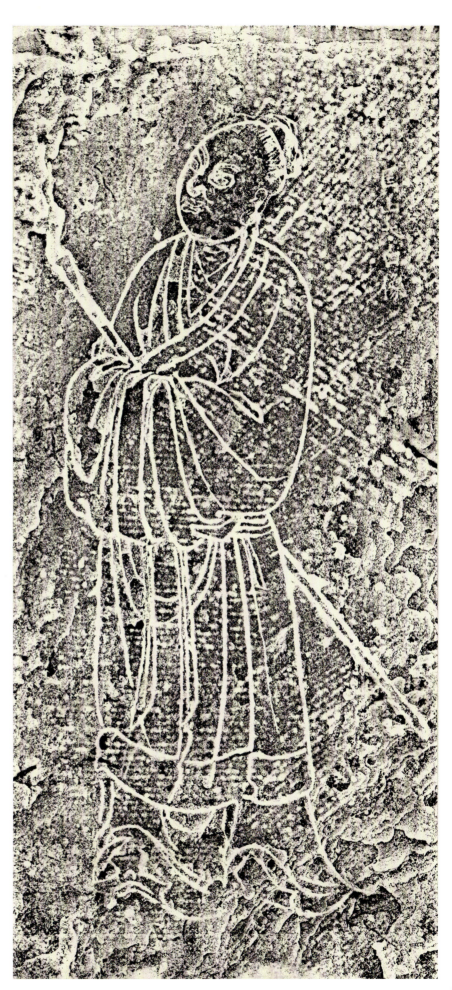

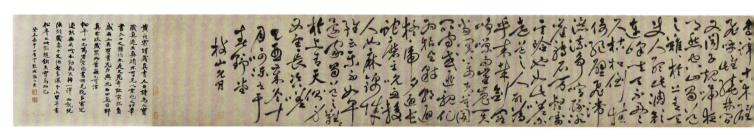

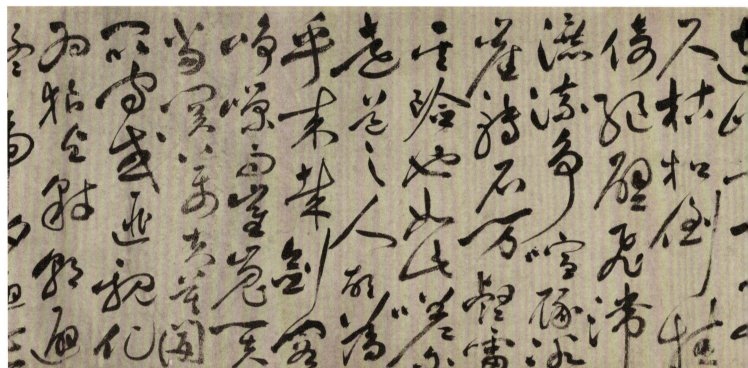

祝枝山《蜀道难》手卷

明（1368—1644）

纵 33 厘米，横 308 厘米

江油市李白纪念馆藏

祝枝山（1460—1527），长洲（今江苏苏州）人。字希哲，号枝山、枝指生，又署枝山老樵、枝指山人等。与唐寅、文徵明、徐祯卿并称为"吴中四才子"。

此件作品笔力劲健，提按多变，字法灵活，气脉连贯，充分展现出草书的奔放自由和祝枝山的狂放个性，与李白诗歌中对蜀道的豪迈描绘相映生辉，充满了浪漫奇幻的色彩。

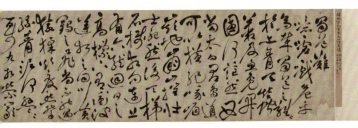

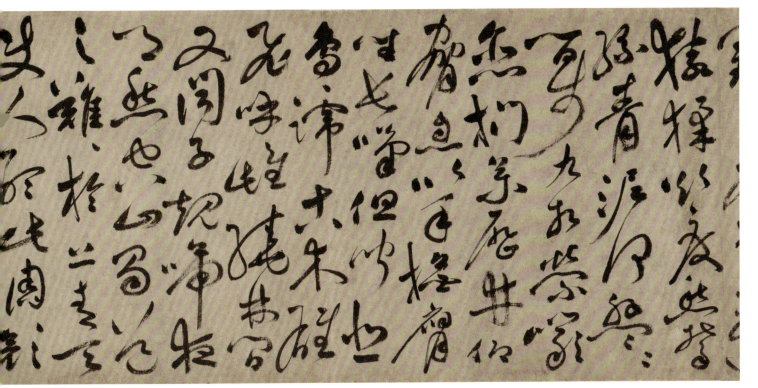

商於诗路

商於古道，秦汉时称武关道，唐时又称商山道或商州道，因从陕西商州的蓝桥（今蓝田县境内）一直通到河南省内乡县柴於镇（今南阳市内乡县桃溪镇罗家村於家沟）而得名。"六百里商於路"驿站众多，是当时联系关中与中原、东南各地的重要驿道，也是商客交易、文人往来、官宦履职的必经之道。唐代曾往来奔波于商於古道上的诗人有200余人，白居易"七年三往复"，元稹"七度武关"，张九龄"四过商州"，李白也曾在商州盘桓数月……这些诗人在商於古道游山访贤、踏歌行吟，为后世留下了大量名篇佳作，如李白"我行至商洛，幽独访神仙"、王维"商山包楚邓，积翠霭沉沉"、温庭筠"晨起动征铎，客行悲故乡"等。商於古道厚重的山水人文积淀，也在诗人的妙笔逸兴中铺满诗的鲜花，芳菲溢满。

陇右诗路

唐朝在陇山以西设置陇右道，经营西北，既保障了丝绸之路的通畅，又增进了东西方文化的交流、融通与互鉴。唐代第一位走过"陇右唐诗之路"并留下作品的诗人是骆宾王，之后王之涣、王维、岑参、颜真卿等诗人相继沿丝绸之路从军、出使，亲历登览，在"大漠孤烟直，长河落日圆"的边塞留下无数抒发报国豪情、描绘壮美山河的精彩诗作，如"黄河远上白云间，一片孤城万仞山""凉秋八月萧关道，北风吹断天山草""但使龙城飞将在，不教胡马度阴山"等。陇右唐诗之路是唐代诗人的报国之路，也是丝绸之路上的"不朽遗存"。

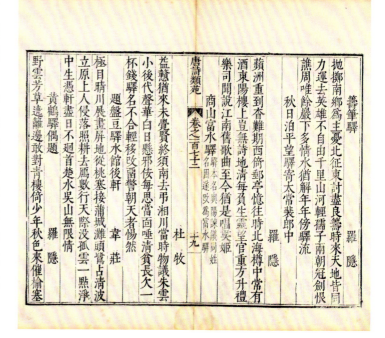

（明）张之象辑，赵应元编次，王彻补订《唐诗类苑》中的杜牧诗《商山富水驿》
明万历时期曹仁孙校刊本

黑釉瓷插钵

唐（618—907）
高 7.7 厘米，口径 18.3 厘米，底径 11.2 厘米
河南省洛阳市白居易故居遗址出土
洛阳博物馆藏

碗状，沿唇外凸，其下有一短流，腹壁微曲，假圈足底。器内壁口沿以下有刻划沟槽，外壁施酱黑色釉，下腹及底无釉。

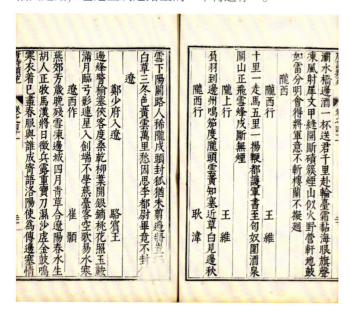

（明）张之象辑，赵应元编次，王彻补订《唐诗类苑》中的陇西诗选
明万历时期曹仁孙校刊本

（元）佚名《商山四皓图轴》
故宫博物院藏

　　商山位居商於古道中段，也被称为"中国第一隐山"。秦末，东园公唐秉、甪里先生周术、绮里季吴实和夏黄公崔广四位博士。因避秦焚书坑儒而隐居商山，四位老者皆品行高洁、银须皓首，故被称为"商山四皓"。商山和四皓也成为中国隐逸文化的象征，其所代表的"邦有道则仕，邦无道则隐"的儒家伦理受到历代士人的高度推崇，吟咏不绝。此图描绘的是"商山四皓"故事中汉代使臣迎请四皓一节。

浙江诗路

浙江自古丽逸江南，人文蔚兴，是唐代诗人活动的主要区域之一。从诗人在浙江活动的足迹来看，共有浙东唐诗之路、大运河诗路、钱塘江诗路、瓯江山水诗路四条，文化之魂深深熔铸在浙江大地上。其中，"浙东唐诗之路"提出概念最早、学者研究最深、辐射影响最广，在众多诗路中具有独特的价值。中国唐代文学学会会长傅璇琮先生认为浙东唐诗之路"可与河西丝绸之路并列，同为有唐一代极具人文景观特色、深含历史开创意义的区域文化"。启功先生专门为之题诗，称"一路山川谐雅韵，千岩万壑胜丝绸"。

（明）黄凤池辑《唐诗画谱》明万历至天启时期清绘斋、集雅斋合刊本

（明）项圣谟《剪越江秋图》 故宫博物院藏

画卷按项圣谟与友人的旅行足迹而画，起于杭州附近的江干，沿富春江逆流而上，经富阳、桐庐到建德，然后入新安江，到淳安，转入武强溪，达遂安，共约五百里。雨霁天晴、暮色沉暗、山雨蒙蒙、风急浪高、江波滚滚诸气象物候和名胜古迹、险要山水等，在画家的笔下传神写照，曲尽其妙，多方位地表现了富春江沿岸的旖旎风光。

瓯窑青釉辟雍瓷砚

唐（618—907）
高 4.7 厘米，口径 13 厘米，足径 15 厘米
温州博物馆藏

　　微侈口，直壁，平底，底下密集排列一周蹄形足，足下连接圈足。砚面凸起而不施釉。四周有凹槽，便于盛水蘸墨。砚胎呈浅灰色，厚重致密。釉色青灰，欠光泽。外底刻行书"不德"二字。
　　辟雍是古代天子"行礼乐，宣教化"的场所，"四面周水圜如璧"。辟雍砚即因其形制如辟雍而得名。

越窑青釉瓷辟雍砚

唐（618—907）
高 4.5 厘米，口径 16.7 厘米，足径 20 厘米
杭州市萧山区博物馆藏

　　砚面呈圆形，中部隆起与外口沿齐平，外圈为深凹形水槽，口沿外侈，圈足外撇，足部饰均匀的8个云状镂空。砚面露胎呈棕色，其余部分施青绿色釉，釉层不均，无玻璃质感，口沿釉偏黄绿，足部呈青绿；灰白色胎。砚面和外底有明显的泥点垫烧痕。

青铜龟

唐（618—907）
高 4.7 厘米，长 12.3 厘米
义乌市博物馆藏

　　背甲前后及左右分别铸有头、尾和四肢，龟头前伸上仰，龟尾向左摆动，四肢屈伸作爬行状；腹为椭圆形，中空。

越窑青瓷褐彩水盂

唐（618—907）

高 3.7 厘米，口径 3.5 厘米，足径 4.1 厘米

2001 年绍兴县（今绍兴市柯桥区）平水镇下灶村造田工程出土

绍兴市柯桥区博物馆藏

　　文房用具。敛口，圆唇，弧肩，扁鼓腹，假圈足。外施青黄色釉不及底。其中口沿处施褐色点彩三处，肩腹部则大面积施褐斑三块。

青釉褐彩水盂

唐（618—907）

高 5.6 厘米，口径 3.3 厘米，底径 4.7 厘米

温州博物馆藏

　　文房用具。直口，短颈，扁圆腹，平底内凹。腹部等距刻有瓜棱线五道，并饰以三块不规则褐彩斑，浓淡反差强烈。灰白色胎，通体施淡青黄色釉不及底，匀净光亮。

越窑青釉瓜棱瓷水盂

唐（618—907）

高 4.5 厘米，口径 4.8 厘米，底径 4 厘米

绍兴上虞哨金双堰小金星朱家（自然村）出土

绍兴市上虞博物馆藏

　　短直口，扁圆腹作瓜棱形，腹部压印四条凹直线，平底。通体施青釉，釉色青翠莹润。

越窑青釉刻划花瓷罐

唐（618—907）

高 7.9 厘米，口径 6.4 厘米，足径 6.9 厘米

1979 年绍兴朱巷红星一队于灿苗上交

绍兴市上虞博物馆藏

　　敛口，圆球腹，圈足外撇。腹部置四道双线直棱，分成四区，每区刻划纤细花草纹。施青黄釉，釉面滋润光洁。

镜湖

绍兴

上虞

余姚

曹娥庙

曹娥江

兰亭

禹陵

会稽山

云门寺

若耶溪

剡溪

嵊州

新昌

东山

四明山

石城山

天佛寺

沃洲山

天姥山

桐柏宫

天台山

国清寺

天台

临海

"浙东唐诗之路"路线图

诗行浙东

遣兴莫过诗

浙东风光奇丽，商贸繁荣，佛道兴盛，更以深厚的人文沉积著称于世。唐代无数文人墨客追慕浙东山水之间的王谢风流，纷纷泛舟而来。"唯有门前镜湖水，春风不改旧时波""谢公宿处今尚在，渌水荡漾清猿啼""宴坐东阳枯树下，经行居止故台边""鱼市酒村相识遍，短船歌月醉方归"……诗人在浙东生活游历的身影贯穿于璀璨诗文的字里行间，或是酒楼茶肆中雅集宴饮，或是民俗节庆时娱心遣兴，抑或是名山胜迹间登山临水，以万千诗句描绘出的浙东画卷，让"浙东唐诗之路"成为传承千年的文化遗产和民族记忆。

宴
2.1 饮

因交通便捷和商贸繁荣，唐代的浙东地区食肆林立、酒馔丰溢、茶道渐兴……饮食生活花样繁多，南北菜肴尽汇于此。唐代诗人不仅追慕浙东"青山行不尽，绿水去何长"的山水风光，更留恋回味浙东的美酒佳肴。贺知章、李白、元稹、皎然等文人墨客，在"山阴诗友喧四座"的雅集宴饮中，将一蔬一饭的香气都沉淀于诗文之中，诗歌与美食串联融汇，"浙东唐诗之路"也便成了诗人情感的烟火栖居之地，历经千年，其香愈浓。

食——八珍玉食

　　唐代浙东地区以稻谷为主食，麦、粟、菽也有种植，饭、粥、饼、糕等已多见于日常饮食，副食则有荤素菜肴、果品及各色点心（餤子），品类繁多，十分丰富。唐崔融《禁屠议》中说"江南诸州，乃以鱼为命"，贺知章《答朝士》中也有"鈒镂银盘盛蛤蜊，镜湖莼菜乱如丝"的描述，说明鱼、贝类、水生植物等都已是餐桌上的美味菜肴。这一时期，鲊鱼、蒸豚、炙鸭、脍鱼等美食都很有名，深得唐代诗人的喜爱。另有以春鱼制作的含肚鲞，也是民间上馔佳珍。豆酱、豆豉、醋等调味品亦已普遍使用。

胡风饮食

　　唐代"胡风饮食"已十分兴盛，在食物、调料、菜肴烹饪等方面均有体现，构成了唐代饮食文化中的一大特色。特别是开元以后，"贵人御馔，尽供胡食"（《旧唐书·舆服志》）。胡食种类繁多，据唐代名僧慧琳《一切经音义》记载："胡食者，即馎饦（亦写作"毕罗"）、烧饼、胡饼、搭纳等是。"其中最有名的就是胡饼，有素胡饼、油胡饼、肉胡饼等，还有胡麻饼，类似今天的芝麻烧饼。白居易《寄胡麻饼与杨万州》诗有"胡麻饼样学京都，面脆油香新出炉"之句。胡食中的肉食，滋味之美，首推"羌煮貊炙"。羌和貊代指古代西北地区的少数民族，煮和炙则指烹饪技法，"貊炙"甚至被列为御膳。

　　此外，胡椒、胡瓜、菠菜、西瓜等都是这一时期的外来引入品种，成为百姓饭桌上的"常客"。

烹调技巧

　　这一时期的烹调方法，仍以蒸、煮、脍、炙、烧、煎、炸、腌、酱等为主。唐贞观时，曾隐居唐兴（今天台）翠屏山的诗僧寒山有诗云："蒸豚揾蒜酱，炙鸭点椒盐。"又云："去骨鲜鱼脍，兼皮熟肉脸。"可见，民间的烹饪方法也已十分讲究。越州人喜食盐味食品，腌、酱之类的食品也比较多，不仅便于长久储存，而且食用简便，香咸兼有，至今流行。《嘉泰吴兴志》《岭表录异》《吴馔》等古籍中都有用蒸、炙、脍、炸、腌等方法烹饪豚、鸭、鲜鱼、乌贼鱼等食材的生动记载。

（南宋）谈钥编撰《嘉泰吴兴志》卷十八《食用故事》　民国三年南浔刘氏嘉业堂红色印本

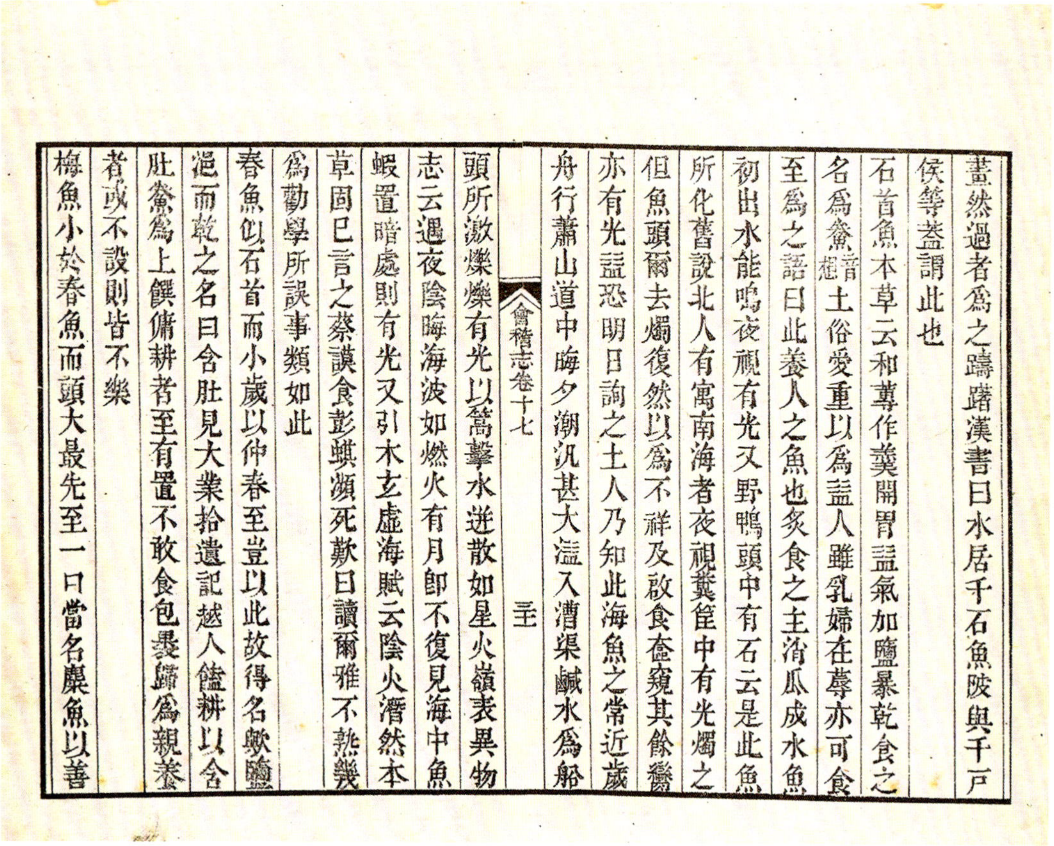

(上图)

蓋然過者爲之蹰躇漢書曰水居千石魚陂與千戶侯等蓋謂此也

石首魚本草云和蓴作羹開胃益氣加鹽暴乾食之名爲鮝鮝音土俗愛重以爲盒人雖乳婦在蓐亦可食之至爲之語曰此養人之魚也炙食之主消瓜成水魚

初出水能鳴夜視有光又野鴨頭中有石云是此魚所化舊說北人有寓南海者夜視糞筐中有光燭之但魚頭爾去爛復然以爲不祥及啟糞奪窺其鬱

亦有光豈恐明日詢之土人乃知此海魚之常近歲舟行蕭山道中晦夕潮汐甚大溢入漕渠鹹水爲船

會稽志卷十七　至

志云遇夜陰晦海波如燃火有月卽不復見海中魚頭所潋爍有光以篙擊水迸散如星火嶺表異物

蝦置暗處則有光又引木玄虛海賦云陰火潛然本草固已言之蔡謨食彭蜞瀕死歎曰讀爾雅不熟幾

爲勸學所誤事類如此

草魚似石首而小歲以仲春至豈以此故得名歟

退而較之名曰含肚見大業拾遺記越人鹺耕以含

肚鮝爲上饌傭耕者至有置不敢食包裹歸爲親養

者或不設則皆不樂

梅魚小於春魚而頭大最先至一日當名麇魚以善

嘉泰《会稽志》卷十七《鱼部》中含肚鲞的记载

含肚鲞应是一种不剖鱼肚进行腌制的加工方法，也可以不去鳞，直接在鱼身上撒盐，待腌制后取出晾干，食用时只需蒸食即可。不仅便于长久贮存，而且食用简便，香咸兼有，至今流行。

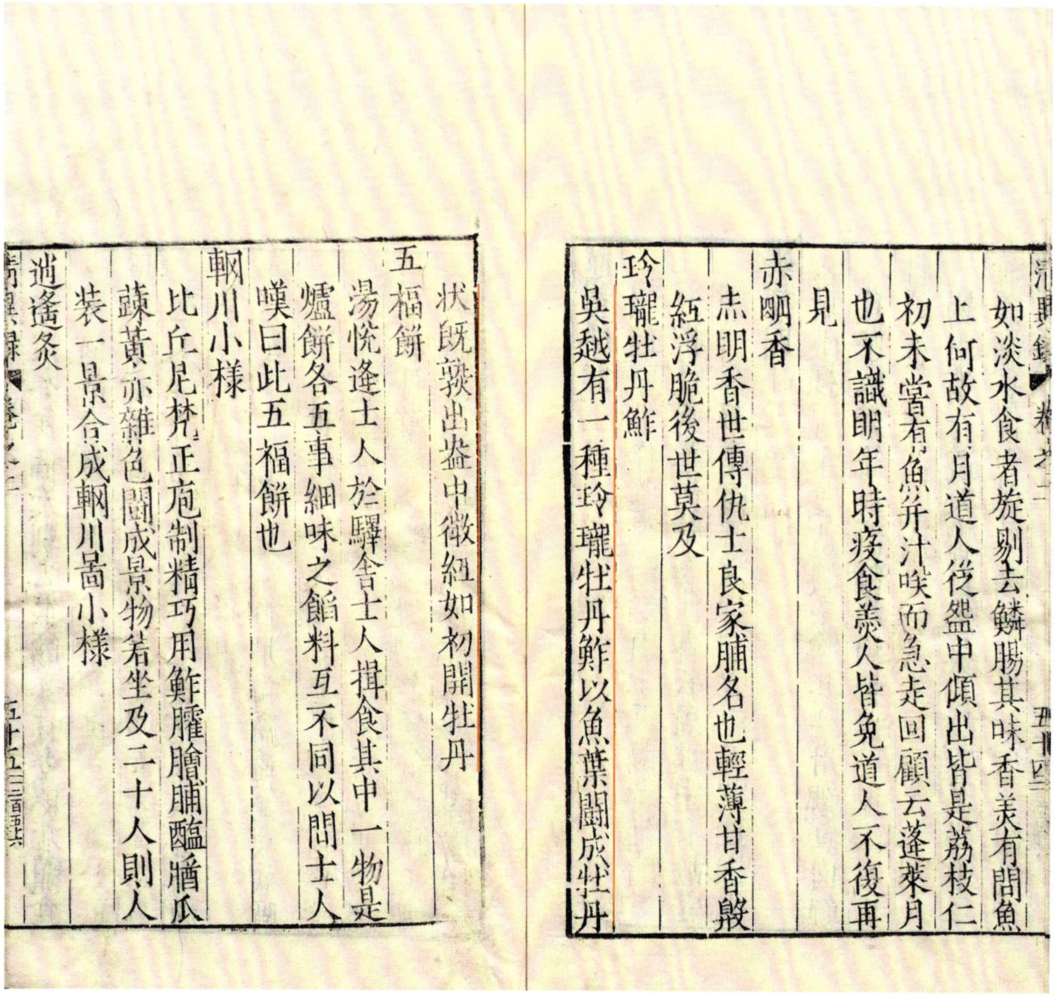

(下图)

清異錄卷上

玲瓏牡丹鮓

吳越有一種玲瓏牡丹鮓以魚葉鬭成牡丹

狀既靹出盞中微紅如初開牡丹

赤明香

杰明香世傳倦士良家脯名也輕薄甘香殷

紅浮脆後世莫及

如淡水食者旋剔去鱗腸其味香美有閩魚

也不識明年時疫食羹人皆免道人不復再

見　初未嘗有魚幷汁唉而急走回顧云蓬萊月

上何故有月道人從盞中傾出皆是荔枝仁

逍遙炙

輞川小樣

比丘尼梵正庖制精巧用鮓臛膾脯醢醬瓜

蔬黃亦雜色鬭成景物若坐及二十人則人

裝一景合成輞川圖小樣

五福餅

湯悅逢士人於驛合言士人揖食其中一物是

爐餅各五事細味之餡料互不同以問士人

嘆曰此五福餅也

（北宋）陶谷撰《清异录》明隆庆六年叶氏菉竹堂刊本

玲珑牡丹鲊，《清异录》载："吴越有一种玲珑牡丹鲊，以鱼叶斗成牡丹状，既熟，出盏中，微红，如初开牡丹。"实由鲊食组合而成的拼盘，以其色、香、味、形俱佳，而成为吴越国的著名花色菜肴。

婺州窑青釉花口瓷碗

唐（618—907）

高 8.2 厘米，口径 15.2 厘米，底径 8.7 厘米

1984 年北江象溪滩村采集

东阳市博物馆藏

　　葵形口。喇叭形圈足，底部一周有12个泥点支烧痕。胎质灰白，内外施青黄釉，釉层均匀。

　　此碗虽素面无纹，但器形规整，施釉均匀，能够体现唐代婺州窑的一流制瓷水平。

越窑青瓷碗

唐（618—907）

高 3.9 厘米，口 13.2 厘米，底径 5.7 厘米

绍兴市上虞博物馆藏

　　碗壁状似荷叶，呈现出随风波动的形态。通体施青釉。该器造型独特，风格优雅，是唐代瓷器中的瑰宝。

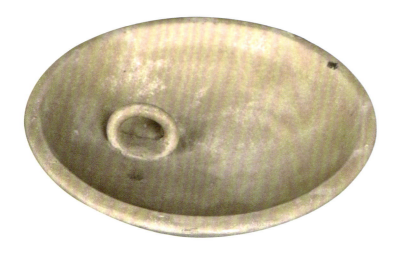

越窑青釉灯盏

唐（618—907）

高 3.3 厘米，口径 12.3 厘米，足径 5.2 厘米

1989 年嵊州春联乡砖瓦厂工地出土

嵊州市文物保护中心藏

　　盏体呈碗状，敞口平沿，斜直腹壁，假圈足。内饰一泥条圆环，用于搁置灯芯。内外施青釉不及底，釉色青泛黄。

青釉鹰抓鱼水波纹瓷赏碗

唐（618—907）

高 4.5 厘米，口径 11.5 厘米，底径 3.5 厘米

台州市博物馆藏

　　敞口，浅弧腹，平底。碗内腹部以水波纹装饰，正中捏塑鹰鱼纹，生动古朴。通体施釉不及底。

越窑青瓷玉璧底碗

唐（618—907）

高 4.3 厘米，口径 12.1 厘米，底径 6.3 厘米

1987 年绍兴县坡塘乡（今绍兴市越城区鉴湖街道）桥店山出土

绍兴市柯桥区博物馆藏

　　敛口，圆唇，浅弧壁，玉璧形底。口沿处饰两道弦纹。内外施青釉，釉色青泛黄。通体有细小开片，釉层丰润。

婺州窑青釉刻波涛纹瓷折腹钵

唐（618—907）

高 12.2 厘米，口径 14.4 厘米，底径 7.5 厘米

1993 年北江镇木塘头村采集

东阳市博物馆藏

　　上腹外壁饰福山寿海纹，内下腹饰有旋涡纹。胎质细腻，通体施釉，釉色青中带黄，釉层较厚，玻璃质感强。钵体完整，工艺精致，纹饰自然，体现出唐代婺州相当高的制瓷水平。

　　福山寿海纹又称海水江崖纹，是我国传统的吉祥纹饰，寓意多福多寿。

合食制

　　唐代经济的繁荣和多元文化的融合，促进了饮食文化的变革，新式高桌大椅得到普及，饮食器具和坐姿等都发生了很大变化。一人一桌就餐的"分食制"逐渐退出人们的生活，围绕一桌、合食就餐的"合食制"开始出现并得以快速流行，至宋朝时期到达高峰，成为影响千年的主要饮食方式。不过唐代的合食，主要菜肴食品仍是一人一份，只有饼类和粥、羹等汤类才放在一个大盛器中，供大家自取。

（北宋）赵佶《宋徽宗十八学士图》（局部）　台北故宫博物院藏

　　《宋徽宗十八学士图》是一幅典型的文人应酬图，描绘了唐代十八位文人学士一起游园、吟诗作赋、鼓琴奏乐、戏马观鹤、同桌而宴热闹欢愉的场景。其中，宴饮部分的场景就体现唐代盛行的"合食制"。

婺州窑褐釉瓷钵

唐（618—907）

高 8 厘米，口径 20.6 厘米，底径 9.6 厘米

1978 年金华武义县王宅大队出土

武义县博物馆藏

　　敛口，圆唇，弧腹，平底。施褐釉，壁内外施半釉。

青瓷碗

唐（618—907）

高 7 厘米，口径 16.6 厘米，足径 7.6 厘米

1987 年 12 月义乌市青口乡前山村出土

义乌市博物馆藏

　　敞口，折腹有棱，假圈足。上腹饰两道弦纹。浅灰胎，施淡青黄色釉，釉层均匀，底部无釉。

青瓷刻花浅腹碗

唐（618—907）

高 4.4 厘米，口径 14.6 厘米，足径 7.3 厘米

临海市大田出土

临海市博物馆藏

　　侈口，浅腹，圈足，内壁饰刻划花草纹，一花四叶，叶作荷叶状，花形不明。通体施青釉，釉沉厚华润。

冰裂纹玻璃碗

唐—五代（618—960）

高 5 厘米，口径 10 厘米，底径 4.8 厘米

绍兴博物馆藏

　　玻璃质地，无色透明。直口微敛，尖唇，平沿，弧腹下收，平底，外底微内凹。胎体内有微小气泡，器壁薄而均匀，布满冰裂纹。该碗内附一青铜内胆，壁薄，圆唇，弧腹，底残。残存口沿至腹2/3处，有绿色铜锈。

　　唐代经济发达，艺术及手工业有突飞猛进的发展，对外通商和交流广泛。从水、陆"丝绸之路"进口大量的西亚玻璃，本地亦同时生产吹制的薄胎玻璃器。玻璃容器绝大多数为进口西亚制成品，本地国产玻璃则以制作饰物及佛教供品为主。

青铜高足盘

唐（618—907）

高 7.7 厘米，口径 17 厘米，足径 11.2 厘米

1979 年绍兴县福全镇梅里村墩岸出土

绍兴博物馆藏

　　尖唇，敞口，浅腹，内腹壁呈弧状内收，平底，柱状圈足下呈喇叭形。光素无纹，端庄典雅。该器制作规整，盘与圈足分铸后粘接，底部有轮状磨制痕。

青釉双系敞口瓷罐

唐（618—907）
高 12.1 厘米，口径 12.3 厘米，底径 6.1 厘米
临海市城东出土
临海市博物馆藏

　　敞口，直腹下敛，平底。两系，系
孔圆形。施青釉，釉色泛黄，釉面华滋
明亮。

婺州窑青釉深腹敛口瓷钵

唐（618—907）
高 9 厘米，口径 17.1 厘米，足径 6.8 厘米
1988 年浙江武义县制药厂基建工地出土
武义县博物馆藏

　　直口，圆唇，束颈，弧肩，斜
腹，圈足。肩部有四系，釉色青泛
黄，内外施满釉。

酒——斗酒百篇

浙东酿酒历史源远流长，早在春秋时期，酒已经融入百姓的日常生活。秦汉以后，山阴、会稽酿酒、饮酒及酒税等酒事活动代有记载。魏晋时，浙东酿酒、饮酒之风已大盛，至唐代尤甚。有"醉乡"之称的越州更是酒肆林立。据《唐书》载，越州所产之酒，以郁香醉人出名，文人喜以"醉乡人"自居。浙东观察使元稹在越州七年，尝赋《酬乐天喜邻郡》诗曰："老大那能更争竞，任君投募醉乡人。"酒是唐代文人雅士张扬个性、释放激情的重要媒介物，贺知章、李白、孟浩然等诗人也都是乘着酒兴，在浙东大地留下许多脍炙人口的千古诗篇。大唐诗酒文化的发展与繁盛，甚至带动了此后历朝历代的饮酒吟诗志趣。

行令佐酒

在唐代的酒宴中，一般要设"酒纠"（或称"觥录事"）监酒，以维持宴饮有序进行，并以行令、赋诗、歌舞等佐饮。

行令即酒令，在唐代得到了完善。最初有"平""索""看""精"四字和"律令"等，后因繁难而废止，代之以更为简单的令，主要有"骰盘令""抛打令"等。唐代诗人在酒宴上常以此助兴，白居易就曾"醉翻衫袖抛小令，笑掷骰盘呼大采"，李商隐也有"隔座送钩春酒暖，分曹射覆蜡灯红"的酒令场景描写，可见诗人开怀畅饮之时更是佳句频出。

艺伎佐酒在唐代也非常盛行，其中能歌善舞又长于作诗的佼佼者不乏其人，也是唐代诗坛的一个重要方面。

（唐）白居易《酬微之夸镜湖》

我嗟身老岁方徂，君更官高兴转孤。
军门郡阁曾闲否，禹穴耶溪得到无。
酒盏省陪波卷白，骰盘思共彩呼卢。
一泓镜水谁能羡，自有胸中万顷湖。

（宋）洪迈撰《容斋续笔》中所载"唐人酒令"
明崇祯三年马元调序刊本

沙埠窑青釉葫芦形瓷执壶
唐（618—907）
高 20 厘米，口径 6 厘米，底径 7 厘米
台州市博物馆藏

　　葫芦形，上小下大。敞口，束颈，圆腹，平底。肩部一侧置
曲流，另一侧贴塑曲柄。附盖，盖子口，宝珠纽，近口沿处有双
系孔。通体施釉，底部有支烧痕迹，灰白色胎。

越窑青瓷凤首小执壶

唐（618—907）
高 6.3 厘米，足径 2.1 厘米
1982 年绍兴县钱清镇出土
绍兴博物馆藏

　　口部饰一凤头，尖喙、圆眼、高冠，冠与两翼饰短斜纹。长颈，溜肩，鼓腹，高圈足，足墙外撇。颈肩部置圆条形执柄。对侧置一刀削短流。通体施青釉不及足底，釉色泛黄，光泽感强。器形小巧，可能系作为明器之用。

越窑青釉瓜棱瓷执壶

唐（618—907）
高 22.1 厘米，口径 9.8 厘米，足径 8.2 厘米
宁波市和义路遗址出土
宁波博物院藏

　　喇叭口，束颈，溜肩，瓜棱形椭圆腹，圈足。肩部对置多棱形短流与扁带状把。施满釉，釉色青黄。

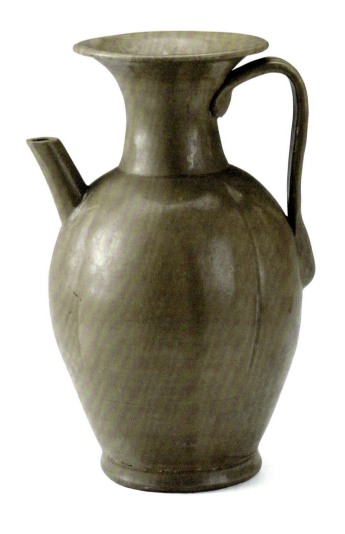

越窑青瓷瓜棱纹执壶

唐（618—907）

通高 22.9 厘米，口径 5.8 厘米，足径 8.5 厘米

1983 年绍兴县坡塘狮子山西南坡出土

绍兴博物馆藏

　　直口微外撇，长颈，丰肩，圆腹，最大径在腹上部，下腹内收成平底，矮圈足。颈肩相接处饰一周弦纹，腹部均匀饰瓜棱纹。肩腹处一侧置六棱形管状短流，逆时针90°处置直柄，柄残缺。壶有盖，盖呈蘑菇状，弧面，下折沿。顶面饰两组弦纹。盖纽残缺。盖沿和壶口镂一小圆系孔。胎体致密，内外施青釉，外底不施釉，釉色光洁。

婺州窑青釉褐斑双系瓷执壶

唐（618—907）

高 13.5 厘米，口径 5.5 厘米，足径 5.8 厘米

1977 年金华武义县项店公社出土

武义县博物馆藏

　　小盘口，圆唇，短颈，溜肩，圆腹，假圈足。肩部装有一管状流，流向上弧伸，流嘴略低于壶口，与流相对安有曲柄，呈辫子状。柄的上部与盘口相连，上腹用内凹直线分成四瓣，颈肩两侧装两竖系。施青釉，腹部有一块大褐斑，底无釉。

越窑青瓷带流盘口壶

唐（618—907）

高 34.8 厘米，口径 14 厘米，底径 13 厘米

2001 年绍兴县（今绍兴市柯桥区）平水镇平阳村出土

绍兴市柯桥区博物馆藏

　　盘口，粗短颈，圆鼓腹，小平底。口沿处饰数道弦纹，肩部安双复系，并设一圆管状短流，流与腹相通。外施青绿色釉，釉色光润。

越窑青瓷注子

唐（618—907）

高 22.2 厘米，口径 8.3 厘米

慈溪上林湖采集

浙江省博物馆藏

　　口、鋬、流原残，修复完整。束颈，溜肩，垂腹，矮圈足。残鋬安于器物中部，上有二道竖纹。整体施釉及底，内底满釉，釉色青黄透明，釉层较薄。胎黄色，底足露胎处有火石红。该器于慈溪上林湖越窑产区采集获得，为唐代越窑典型器物。

长沙窑青釉贴花褐彩瓷钵

唐（618—907）

高 9.5 厘米，口径 14.5 厘米，足径 7.5 厘米

宁波象山县爵溪街道公屿村出土

象山县文物保护管理所（象山县博物馆）藏

　　敛口，深圆腹，圈足。近口部对穿
两圆孔为系，外贴当卢形耳饰。施青釉
不及底，耳部饰大块褐彩。

越窑青釉荷叶纹瓷盘

唐（618—907）

高 4 厘米，口径 15 厘米，足径 6.2 厘米

温岭市博物馆藏

　　撇口，弧腹，圈足露胎，有泥点垫烧痕。盘内
壁划荷叶装饰。内外施青釉，釉色青中泛黄，釉面
光洁发亮。胎质细腻致密，制作规整。

三彩七星盘

唐（618—907）

高 3.7 厘米，口径 24.7 厘米

洛阳关林钢厂 C7M66:2 出土

洛阳市考古研究院藏

　　一套8件，子母盘又称多子盘，是三彩中最常见的器形，由承盘、六个小杯和一个器罐组成。器罐位于盘中心，外环六只小杯，如众星捧月而得名。盘外壁及杯、罐器身施黄、白、绿等色釉，釉色绚丽，造型独特。

三彩罐

唐（618—907）

高 24.5 厘米，腹径宽 24 厘米，口径 11 厘米

洛阳关林 M32:3 出土

洛阳市考古研究院藏

　　敛口，束颈，鼓腹，平底，矮圆足。有盖，圆盖纽。施釉不到底，以绿釉为地，衬以白点及黄道组成的珍珠图案；盖面以绿釉为地，衬以白点及黄道。此罐造型浑圆、丰满，颜色鲜艳。实为唐三彩之珍品。

凤首三彩壶

唐（618—907）
高 24.5 厘米，口径 6.5 厘米，底径 7.1 厘米
苏州长风厂城墙唐墓出土
苏州博物馆藏

　　盘口外侈，束颈，鼓腹，平底微凹，修复完整。肩部贴饰双环形系，颈部刻两道弦纹，口沿至上腹部连接一凤首执柄，另一侧肩部饰一小凤首。器身施黄、绿、褐三彩釉，色彩艳丽，下腹及底部有剥釉现象。

　　凤首执壶流行于隋至唐初，唐三彩中多见此器形。唐三彩是一种低温铅釉陶器，创烧于初唐，晚唐时衰弱。出土于西安、洛阳和扬州等地的唐代墓葬中，多属于随葬的明器，也有生活实用器及建筑构件等。

黄釉执壶

唐（618—907）
通高 26 厘米，腹径 14 厘米
托：焦枝铁路 C10M393:3 出土
壶：焦枝铁路 C10M393:2 出土
洛阳市考古研究院藏

　　直立口，圆唇外翻，束颈，斜弧腹，平底内收。上腹及肩部饰二周垂鳞纹，中间以三道弦纹相隔，腹部间隔饰四组由圆珠组成的圆环。颈肩部对称设有流与把手，把手上立一环耳。有盖，盖形似塔，上有一环形纽。下有侈口盘形底托。通体施黄釉，色泽温润，形制古朴，颇具波斯萨珊式的风格。

红釉葫芦瓶

唐（618—907）

高 22 厘米，口径 3.5 厘米，底径 7 厘米

1998 年洛阳偃师唐恭陵哀皇后墓出土

洛阳博物馆藏

　　形似葫芦，小口内敛，圆唇，短束颈，丰肩，深鼓腹，下渐收，小平底。

红釉带盖三足罐

唐（618—907）

高 21 厘米，口径 13 厘米，盖径 10.5 厘米

1998 年洛阳偃师唐恭陵哀皇后墓出土

洛阳博物馆藏

　　卷唇，侈口，圆肩，鼓腹，圆底。底部有三兽蹄足。盖有握手，上有三个圆形小支钉痕。口沿处有三个细长条状的小支钉痕。通体施红釉不及底。

曲江流饮

　　东晋永和九年（353）三月初三，书圣王羲之偕孙绰、谢安等名士42人雅集兰亭，曲水流觞，饮酒赋诗，所写《兰亭集序》被誉为"天下第一行书"。后世文人纷纷仿效，相沿成习。唐代曲江游宴更将这一习俗推向极致，尤其盛行于文人墨客之中，成为我国历史上最著名的野宴活动。从中宗神龙年间起到晚唐僖宗乾符年间止，延续了170余年。

（元）赵孟頫《兰亭修禊图卷》　大都会艺术博物馆藏

　　唐代曲江宴是效仿东晋兰亭"曲水流觞"的习俗，置酒杯于流水中，停至谁前，则罚谁饮酒作诗，由众人对诗进行评比，称为"曲江流饮"，是古"长安八景"之一。

越窑青釉荷叶纹海棠杯

唐（618—907）
高 4.5 厘米，口径 15×8.5 厘米
宁波市和义路遗址出土
宁波博物院藏

　　杯口海棠形，圆唇，弧腹，圈足。内壁
刻划写意荷叶4朵。通体施青釉。

越窑青釉瓷海棠杯

唐（618—907）
高 5.2 厘米，口径 14.9 厘米，足径 5 厘米
杭州市萧山区博物馆藏

　　海棠花口，椭圆形，圆唇，收腹，矮圈足。外壁
饰对称的四片柳叶状凹痕，内壁饰精美花卉纹。整体
施青釉，釉色滋润。胎质坚硬，呈青灰色。圈足处有6
个垫烧痕。

秘色瓷海棠杯

唐（618—907）

高 6.1 厘米，口径 12.7 厘米，足径 6.1 厘米

2015 年慈溪市后司岙窑址出土

慈溪市博物馆藏

　　四曲海棠口，杯口微敞，圆唇，平面呈椭圆形，斜弧腹较深，喇叭形圈足较高而外撇。内底有一周凹弦纹。浅灰白色胎，胎质细腻。通体青釉色泛黄，釉面莹润。足端刮釉，有多个泥点垫烧痕。

越窑青釉瓷海棠杯

唐（618—907）

高 4.2 厘米，直径 15 厘米，底径 4.8 厘米

温岭市博物馆藏

　　海棠形口，浅腹，矮圈足。胎质细腻，釉色均匀。

　　海棠杯造型源于西域"多曲长杯"，传入中土后，南北方瓷窑均有烧造，成为唐代较为流行的经典样式。

越窑青瓷碟

唐（618—907）

高 2 厘米，口径 8.5 厘米，足径 3.8 厘米

1985 年绍兴县上灶乡（今绍兴市柯桥区平水镇）诸家溇旁小山出土

绍兴市柯桥区博物馆藏

葵口，坦弧壁，圈足。通体施青黄色釉，局部开细片。

青釉瓷渣斗

唐（618—907）

高 20 厘米，口径 32.5 厘米，足径 9.5 厘米

台州市博物馆藏

此器由上下两部分组成。上部为大喇叭
形口的漏斗，细颈。下部罐形，圆鼓腹，矮圈
足。施青釉不及底，灰色胎。

唐代酒器

唐代饮酒之风盛行，促进了酒器制造业的繁荣。唐诗中谈及的酒器有金叵罗、金樽、银瓶、玉杯、玉壶、琉璃钟等，材质繁多，种类丰富。其中，以金银酒器和瓷酒器最为盛行。

汉代"以金银为食器可得不死"的长生思想，到了唐代更为盛行，促使金银器皿得到了前所未有的发展。瓷器这一时期发展也非常迅速，形成了"南青北白"的格局，其中"南青"即越窑青瓷。唐代还创制了一种令世人为之惊叹不已的新酒器品类——唐三彩，由酱黄、浮白、葱绿三种颜色组成，间有翠蓝，典雅淳朴。

唐天宝年间，较为方便精致的桌子出现，一扫南北朝席地而饮之风，酒器也更为小巧精致。如注子，唐人称为"偏提"，其形状似今日之酒壶，有喙，有柄，既能盛酒，又可注酒于酒杯中，取代了以前的樽、勺。

（唐）佚名《宫乐图》 台北故宫博物院藏

《宫乐图》描绘的是后宫女眷环案而坐的宴饮场景，可分为品茗、奏乐和行酒令三部分。画中贵妇手持的碗正是唐代中晚期流行的越窑瓷碗形制，其外撇的细小圈足隐约可见。

定窑白瓷执壶

唐（618—907）
高 15.4 厘米，口径 4.9 厘米，底径 5.5 厘米
临安唐光化三年（900）钱宽墓出土
浙江省博物馆藏

　　敞口，长颈，椭圆球形腹，平底。肩腹一侧有流，流管微曲，呈六棱形；另一侧安曲体宽鋬，一侧安于器腹中部，另一侧安于肩颈相接处，鋬体中间有凸起。肩部有弦纹数道。通体施乳白釉，釉色白中微泛黄，底部无釉胎，胎质洁白细腻。钱宽墓一共出土15件精细白瓷，唯此件无款。

定窑白瓷海棠杯

唐（618—907）
高 6 厘米，口径 16.2 厘米 ×7.7 厘米，足径 6.1 厘米 ×5.5 厘米
浙江临安唐光化三年（900）钱宽墓出土
浙江省博物馆藏

　　八瓣海棠式杯，椭圆形口，弧腹，两侧壁各有两层椭圆形凸起，喇叭形高圈足。圈足内刻"官"字款。通体施乳白釉，润泽光亮。足端无釉露白胎，瓷器胎壁较薄，胎质洁白细腻。此类海棠式杯形制仿唐代金银器模制而成，是晚唐白瓷生产中最高技艺的代表作品。

浙东茶文化始于汉，兴于魏晋，盛于唐。茶圣陆羽《茶经》载，浙东茶叶"越州上，明州、婺州次，台州下"。孟郊《越中山水》诗中也有"菱湖有馀翠，茗圃无荒畴"的描述，说明浙东地区在唐代已经基本形成茶区，不再是之前的零星种植。名茶品种在全国也占有不小的比重，仅越州就有会稽的日铸茶、剡县的剡溪茗、余姚的瀑布仙茗等茶中名品。在飘满茶香的"浙东唐诗之路"上，既有陆龟蒙、皮日休等咏茶斗诗，也有严维、鲍防等茶宴唱和，还有陆羽、皎然等煮茶悟道……大量经典的咏茶诗篇推动了浙东茶文化的发展，也催生了大唐茶道的问世。

平水茶市

唐代，位于鉴湖南岸、稽北丘陵地带的会稽县平水集镇已成为浙东茶叶加工贸易的集散地，市场非常繁荣，诗人元稹称为"草市"。其《白氏长庆集序》记载了一件趣事：有许多人用白居易和元稹的诗歌手抄本和摹勒本到市场上去换取老酒和茶叶，而且"处处皆是"，商人们又求之其切，其价高达一篇抵一金。可见当时饮茶之风已较普遍，"平水茶市"的交易也非常活跃。

（唐）元稹撰《元氏长庆集》卷五十一所录《白氏长庆集序》
明嘉靖三十一年东吴董氏茭门别墅刊本

花蕾纽铜匙
唐（618—907）
长 26 厘米
中国茶叶博物馆藏

匙面为叶形，微凹，匙面前后端狭长，匙柄微曲，尾端延伸成一小环，环顶端为莲花的花苞状。整体呈黑色，光鉴可人，线条优美，尾端的花苞精致可爱。

铜茶则
唐（618—907）
长 24.5 厘米
中国茶叶博物馆藏

匙面椭圆形，匙面较浅，长柄，柄身为方柱形，后端捶扁，辅以简练的线条，錾刻成鱼尾形。整件茶则曲线优美，做工精良。

鸟形铜匙
唐（618—907）
长 7.1 厘米
中国茶叶博物馆藏

匙面为铲形，两侧上卷，匙柄巧妙地做成展翅鸟形，鸟背部及尾部錾刻出点和线作为装饰，形象地表现出鸟的羽毛。整件器物构思巧妙，制作精致。

青瓷兽头茶则
唐（618—907）
长 6.4 厘米
1995 年慈溪市上林湖荷花芯窑址出土
慈溪市博物馆藏

形似小勺，把呈兽头形，形状各异，模印，造型别致，小巧玲珑。施青黄色釉，底部刮釉。

茶宴雅集

"茶宴"一词最早出现于南北朝山谦之的《吴兴记》:"每岁吴兴、毗陵二郡太守采茶宴会于此。"到了唐代,饮茶之风盛行,以茶摆宴,以茶参禅,成为当时文人雅集的一大特色。

现今可见最早明确题为"茶宴"的聚会,是大历年间严维、鲍防、吕渭等人在越州云门寺举行的两次茶宴,并有联句诗传世,其一为《松花坛茶宴联句》,其二为《云门寺小溪茶宴,怀院中诸公》。严维是浙东唐诗之路上举足轻重的人物,人品、才华冠盖越州内外,被尊为"浙东诗坛盟主",与岑参、刘长卿、皇甫冉等著名诗人往来甚频,唱游不绝。《唐才子传》称严维"诗情雅重,挹魏晋讽,锻炼铿锵,庶少遗憾"。在严维与鲍防联手倡导下,分散在浙东的诗人不时聚会,多次举办茶宴联句唱和。唐大历四年(769),二人组织了唐代最大规模的诗歌联唱活动,参加的诗人有57位,联唱诗歌49首,地点有兰亭、鉴湖、若耶溪等八处,世称"浙东唱和"。

此外,刘长卿、杜甫、钱起、韦应物、白居易、陆龟蒙等中晚唐诗人都有邀友或应赴茶会、茶宴留下的诗作。

长沙窑茶碾

唐(618—907)
高 7 厘米,碾长 33.8 厘米,轮直径 11.5 厘米
中国茶叶博物馆藏

碾槽座呈长方形,内有深槽。碾轮圆饼状,中穿孔,常规有轴相通。碾槽及碾轮无釉,灰白胎,碾槽座外部施淡黄色薄釉,并有凹坑装饰。

(明)李流芳《〈酬刘员外见寄〉诗意图》 台北故宫博物院藏

刘长卿大历中被贬为睦州司马后,作《对酒寄严维》一诗赠浙东的严维(当时严维正在家乡会稽赋闲)。诗中委婉地诉说了自己的不平和无聊,并且表示了希望老友前来一聚的愿望。严维遂以《酬刘员外见寄》酬答。

绿釉茶盏（2件）

唐（618—907）

高 6.7 厘米，口径 9.1 厘米，足径 3.5 厘米

高 6.5 厘米，口径 9.2 厘米，足径 3.5 厘米

中国茶叶博物馆藏

　　直口，深腹，饼形足。胎灰白，较薄，器壁上部施低温绿釉，近底足部分无釉。盏内有三个支钉支烧痕迹。

越窑青瓷熏

唐（618—907）

通高 9.5 厘米，口径 9.2 厘米，足径 13 厘米

1985 年台州三门县海游镇联合村聚氨酯厂出土

三门县博物馆藏

　　唐代香具。由盖与器身两部分组成，子母口。盖隆起，上平顶，顶置一宝珠纽。器身浅腹，直壁，圈足外撇。盖面镂空花纹，并间以凸弦纹；器外壁饰两周凸弦纹，圈足外镂三圆孔。青灰色胎，细腻轻薄，满施青釉，釉呈青灰色。圈足内有六个支烧痕迹。整器造型玲珑秀美。

黄釉风炉及茶釜

唐（618—907）

高 10.5 厘米，口径 12 厘米，足径 6.2 厘米

河南博物院藏

　　分风炉和茶釜两部分。风炉呈圆筒状，炉门口以下部分出沿，下为矮圈足。炉口有三个半圆凹孔，炉上半部镂雕一组三形孔，另外还有两孔对称分布，下腹部开炉门，炉门为壶门式，上部拱起，上窄下宽。茶釜折沿，浅弧腹，口部有两环形耳。风炉外施黄釉，里面不施釉。茶釜内部施黄釉，外部涩胎不施釉。

　　风炉及茶釜皆为煮茶器，是唐代饮茶方式的重要物证。

宋嘉泰《会稽志》卷十八中松花坛茶宴的记载

银罐

唐（618—907）

高 5 厘米，直径 6 厘米

洛南龙盛小区 C7M4526:8 出土

洛阳市考古研究院藏

　　帽形圆纽盖，平口，直束颈，鼓腹，圈底。整体捶击成形，浑圆大方，以缠枝草纹装饰，精致美观。

越窑青瓷三联小罐

唐（618—907）

通高 5.5 厘米

1976 年诸暨县出土

绍兴博物馆藏

　　分盖和器身两部分，呈"品"字形粘连。罐为子母口，直腹微弧，下腹内收成小平底。光素无纹。盖深腹，弧面，盖面堆塑枝叶，巧妙地枝叶环扣处设作盖纽，弧面刻条形叶纹。盖身两两粘连。胎体致密，色灰白，内外施青釉，色泛黄，胎釉结合紧密，无流釉和剥釉现象。

青瓷茶具

越窑是我国古代最著名的青瓷窑系，以其釉色之美著称于世。窑址主要集中在浙江慈溪、余姚、上虞、绍兴一带。自东汉创烧成熟青瓷后，越窑青瓷烧制技艺不断发展成熟。至唐代，饮茶之风大盛，越瓷也进入鼎盛时期。尤其到唐代中晚期，青瓷烧制技艺渐趋巅峰，出现了巧夺天工的秘色瓷，堪称越窑系青瓷的典范。

唐代有"尚青"的饮茶风俗，茶色以绿为贵。越窑青瓷温润如玉的釉质，青绿略带闪黄的釉彩能完美地烘托出茶汤的绿色，深受文人雅士的喜爱和追捧。茶圣陆羽称越窑青瓷"类玉""类冰"，把越窑列为全国名窑之首。诗人更是不吝赞美，陆龟蒙以"九秋风露越窑开，夺得千峰翠色来"形容越瓷色泽之优美；皮日休以"圆似月魂堕，轻如云魄起"道出越瓷造型之规整、轻盈。唐代饮茶的程序繁复而精致，而饮茶所用的器具，更加琳琅满目。当时越窑生产的茶具瓯、碗、托、盏等各具所长，其独特的釉色和精湛的工艺为唐人饮茶增添了无穷的高雅情趣。

(唐) 陆龟蒙《秘色越器》

九秋风露越窑开，夺得千峰翠色来。
好向中宵盛沆瀣，共嵇中散斗遗杯。

越窑青釉龙纹瓷碗

唐（618—907）
高 5.9 厘米，口径 22.8 厘米，底径 11.9 厘米
1980 年奉化塘头村出土
宁波市奉化区博物馆藏

　　敞口，斜直腹，玉璧底。通体施釉，釉色
青绿。内底刻划一盘龙，其外有一周泥点痕。
外底亦有泥点痕。

（南宋）佚名《萧翼赚兰亭图（摹本）》　台北故宫博物院藏

　　《萧翼赚兰亭图》是唐代画家阎立本的画作，此为南宋摹
本。描绘的是萧翼从智永禅师的弟子辩才和尚手中骗取王羲之
《兰亭序》的故事。此图不仅记载了初唐时期寺院煮茶待客的风
尚，而且真实再现了唐代烹茶的茶器以及煮饮茶的过程，成为现
存最早表现唐代煮法的绘画。故事就发生在今绍兴平水云门
寺，体现了唐代绍兴地区茶文化的兴盛与普及。

越窑青瓷敛口玉璧底碗

唐（618—907）

高 4.6 厘米，口径 13.8 厘米，底径 6.8 厘米

1987 年象山县儒雅洋村花山岗出土

象山县文物保护管理所（象山县博物馆）藏

　　口微敛，弧腹，玉璧底，通体施青釉，釉色米黄，光泽度好。造型规整，该碗为越窑青瓷的佼佼者。

越窑青釉玉璧底碗

唐（618—907）

高 4 厘米，口径 12 厘米，底径 6.2 厘米

1993 年嵊州浦口镇故江村出土

嵊州市文物保护中心藏

　　微敛口，腹壁微鼓弧收，玉璧底足。内外施青釉，釉色青中略泛黄，釉层匀净莹润，有细冰裂纹。

越窑青釉葵口碗

唐（618—907）

高 3.8 厘米，口径 13.8 厘米，足径 5.5 厘米

1981 年嵊州三界镇蒋镇村出土

嵊州市文物保护中心藏

葵花形口沿，平底。通体施黄褐色釉。内底有密集支点痕迹。

越窑青釉刻花玉璧底瓷碗

唐（618—907）

高 4.2 厘米，口径 14.5 厘米，足径 6.6 厘米

1978 年诸暨璜山公社燕窠村出土

诸暨市博物馆藏

敞口，圆唇，口缘微向外卷。浅腹坦张。璧形矮足，外底有5枚枣核状支烧痕。器内壁刻芙蓉4组，其中底心1组，刻芙蓉花一朵；壁面3组，每组3朵。施青釉不及底，微泛黄色。青釉厚薄不匀，釉厚处有开片纹。此碗制作工整，造型端庄。

游艺

2.2

　　唐代娱乐活动往往与节日庆贺联系在一起，上起帝王百官，下至僧道百姓，皆以为雅趣俗尚，身体力行，各种乐舞、竞技、杂技等风靡盛行。白居易在《和春深二十首》诗中就记载了多种游艺项目，如"飞絮冲球马""齐桡争渡处""玲珑镂鸡子，宛转彩球花""秋千细腰女，摇曳逐风斜"……浙东地区除节日期间的歌舞、杂技、竞渡、斗鸡等活动以外，击鞠、博弈、投壶、斗花草等娱乐也是精彩纷呈。文人雅士或参与，或观赏，间或以诗歌摹景状物、抒情言志，为世人描绘了一幅幅生动的诗路游艺画面。

技——竞技雅趣

　　受民族开放与勇武之风的影响，唐代的竞争意识较之其他各代更加强烈。这种竞争拼搏的尚武精神也带入了娱乐意味较浓的游艺活动之中，如角抵、射猎、蹴鞠、拔河等，风靡大江南北。此外，竞渡、双陆、斗鸡等竞技娱乐在浙东地区也十分普遍，给浙东人的休闲生活带来了乐趣。文人雅士则多好下围棋，杜甫、白居易、元稹等诗人更是痴迷其中，常与朋友"围棋赌酒到天明"，在"浙东唐诗之路"也留下了不少手谈雅事和名篇佳句。

击 鞠

　　击鞠是一种骑在马上持杖击球的活动，也叫马球。在唐代，这是一项非常时髦的运动，唐朝皇帝几乎人人爱打马球，最着迷的是唐玄宗，常常乐不思归。达官显贵、文人学士也酷爱此术，甚至女子也经常跃马击鞠，为时人津津乐道。这一娱乐活动在唐诗中也多有反映，《全唐诗》中直接描写马球运动的诗篇约9首，跟马球有关的诗篇约16首。据史书记载，这项活动传到吴越地区后，"潮"极一时，钱镠就是"发烧友"，后梁太祖朱晃曾以玉带一匣、打球御马十匹赐钱镠。钱镠孙子钱文奉也喜欢打球，击鞠技艺"冠绝一时"。

(北宋) 李公麟《明皇击球图》 辽宁博物馆藏

　　《明皇击鞠图》又称《明皇击球图》，描绘唐玄宗（明皇）等16人击球场景，卷首卷尾分立球门，各有两人把守，以唐明皇为中心的9人，姿态各异，静中有动，富于变化。画面布局疏密有致，线条流畅。

三彩打马球俑（4件）

唐（618—907）
高 32—36 厘米
2012 年洛阳华山北路国花宝居工地出土
洛阳市考古研究院藏

　　此套三彩打马球俑均为女性。低首、束髻，面部圆润，颈部以上无釉；着圆领长襦，翻领、窄袖，每个陶俑的长襦部位颜色都不同，各施红黄绿釉，色彩明艳；女俑均坐于马鞍上，躬身向左，双手作御马、握鞠杖状，策马打球的姿态栩栩如生，却又各不相同。马形体高大，马首左勾，鬃毛浓厚，四肢强壮，臀圆尾翘；马面、马蹄釉色呈乳白，马身黄釉、酱釉交错，马鞍多施绿釉。整体釉色五彩斑斓，流光溢彩。

　　马球，又称波罗球，起源于波斯，唐初时由吐蕃传入长安，是骑在马背上用长柄球槌拍击木球的运动。这组陶俑，让我们可以看到唐代马球手的瞬间动态。

围棋

围棋在唐代风靡朝野，甚至出现了职业围棋手，称"棋待诏"，这也是中国围棋发展史上的一个新标志。围棋有赌胜负的意味，也是费体力、耗智力的一项高雅运动，诗人元稹就有"运智托围棋"之说，因此深受士大夫、文人们的青睐。

游历"浙东唐诗之路"的唐代诗人，如杜甫、白居易、杜牧、李商隐、刘长卿、刘禹锡等，都是围棋爱好者，不少人嗜棋如命，如吴融所说"万事悠然只有棋"。僧道山人、樵夫隐士也常以棋友的形式出现在诗人的笔下。温庭筠就时常邀请僧侣对弈，兴致浓时跑到庙里找僧人下棋，有"茶炉天姥客，棋席剡溪僧""窗间半偈闻钟后，松下残棋送客回"等诗句流传。唐代诗人关于围棋的态度和情趣，对中国文人士大夫围棋观念的最后确立起了至关重要的作用。

（宋）佚名《十八学士图之棋》
台北故宫博物院藏

唐太宗命阎立本为文学馆十八学士作画，自此十八学士之题久为中国画家所好。此图画学士二人对弈，二人旁观，全神贯注，此画再现了文士弈棋的闲雅旨趣。

（五代十国）周文矩《明皇会棋图》 台北故宫博物院藏

黑、白石围棋子

唐（618—907）

直径 1.2 厘米

陕西历史博物馆藏

　　石质。分黑、白两色，圆形小石子，小巧精致，与现代围棋有着异曲同工之妙。

斗 鸡

　　唐王朝上层统治者大多是斗鸡的爱好者，上行下效，斗鸡娱乐活动日渐盛行，其中又以寒食节时为最。不仅京师如此，当时浙东民间亦盛行斗鸡之风。每当斗鸡之时，斗场四周人山人海，观者如潮。以斗鸡入诗、入赋，也是唐代文人日常休闲娱乐的生活方式之一。李白有"我昔斗鸡徒，连延五陵豪"的狂傲洒脱，孟浩然有"喧喧斗鸡道，行乐羡朋从"的携友共乐，杜淹有"飞毛遍绿野，洒血渍芳丛"的精神讴歌。由此可见，风行唐代的斗鸡狂潮，也已成为众多文人墨客展现豪放洒脱、寄托内心情感的重要方式。

斗百草

　　斗百草源于古代荆楚之地，后亦传入越地。唐代妇女、儿童颇爱玩此戏，唐诗中多有反映。如刘驾《桑妇》有"归来见小姑，新妆弄百草"，白居易《观儿戏》有"弄尘斗百草，尽日乐嘻嘻"等，从采桑妇到小儿，都乐于弄斗草之戏。唐代斗百草，主要看谁采的草和认识的种类多为胜，所以有"斗草倩裙盛"之语。也有以所采草稀有为贵，大多以取乐为主。但也有以此为赌的，唐代诗人郑谷在《采桑》中就有"何如斗百草，赌取凤凰钗"之句，可见玩法颇多。

（南宋）李嵩《明皇斗鸡图》
美国纳尔逊·阿特金斯艺术博物馆藏

动物十二生肖

唐（618—907）
①鼠：高 5.5 厘米，长 12 厘米　②牛：高 12.5 厘米，长 17 厘米
③虎：高 10 厘米，长 15 厘米　④兔：高 7.5 厘米，长 14.5 厘米
⑤龙：高 15.5 厘米，长 9.5 厘米　⑥蛇：高 8 厘米
⑦马：高 13 厘米，长 15 厘米　⑧羊：高 10 厘米，残长 12 厘米
⑨猴：高 13 厘米　⑩鸡：高 11 厘米，长 11 厘米
⑪狗：高 13 厘米　⑫猪：高 7.5 厘米，残长 11 厘米
洛阳关林市场 M27 出土
洛阳市考古研究院藏

　　这组生肖一共12件，分别为鼠、牛、虎、兔、龙、蛇、马、羊、猴、鸡、狗、猪，均为红陶。这组生肖，既体现出古人对生肖文化的重视，又展现出唐代陶器的工艺水平。

乐 — 缓歌慢舞

唐代音乐、舞蹈是在汉魏以来的基础上，吸取东西方精华，经融合、创新而成，堪称中国古代乐舞史上的璀璨华章。唐代的宫廷乐舞主要由雅乐、燕乐组成，民间乐舞则以民歌和曲子最为显著。安史之乱后，宫廷乐舞的"余声遗曲"开始散落民间，浙东地区也有流传。唐代乐舞艺术的繁荣离不开诗人的参与，他们或以诗词入乐，或以文笔描绘缓歌慢舞的旋律。白居易、元稹、刘禹锡等诗人都在"浙东唐诗之路"上留有不少优秀的乐舞诗篇，流传于歌楼、酒肆，甚至街头巷里。

诗词入乐

中国自古就有以诗入乐的传统，唐代诗、词入乐更是极为常见。唐诗与乐舞互为载体，彼此融合，共同构成了唐代独特的文化风貌。正如唐代杜佑《通典·乐典》中所言："舞也者，咏歌之不足，故手舞之，足蹈之，动其容，象其事，而谓之乐。"白居易《醉戏诸妓》一诗有"席上争飞使君酒，歌中多唱舍人诗"句，就反映了唐代诗词入乐的情况。民间乐舞中的曲子也是经专业乐工和诗人加工的民歌，中唐以后成为文学的新兴体裁，宋代发展成词调。其创作方法或以乐定词，或依词配乐，进一步促进了诗人和音乐家的合作，丰富了曲子的内容，如张志和《渔歌子》、白居易《忆江南》等。

（唐）赵崇祚编，（明）汤显祖评《花间集》
明末乌程闵氏朱墨套印刊本

《花间集》专录晚唐五代尤其是后蜀词人之作。由于花间派词人继承了温庭筠的词风，因此他的词收录最多，共计66首，且放在全书开篇。《花间集》是中国最早的文人词总集，在词史上占有重要地位，对后世词风影响很大，被誉为"近世倚声填词之祖"。

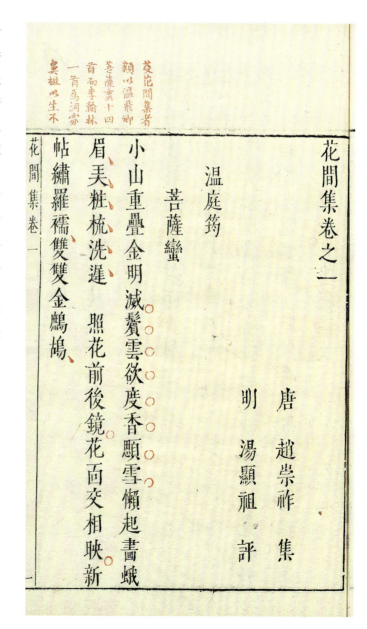

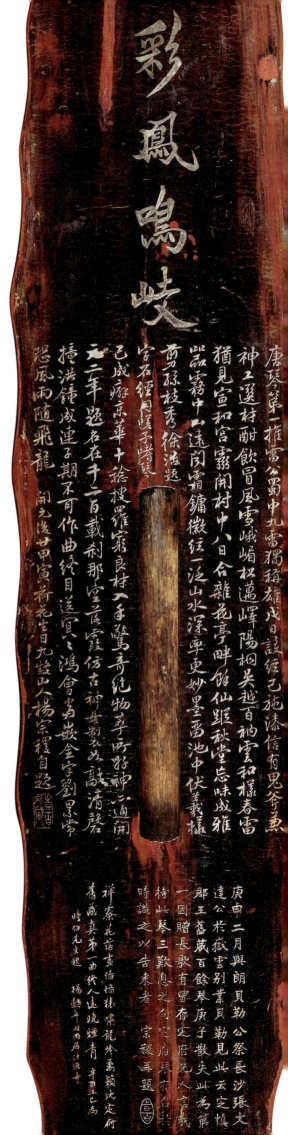

落霞式"彩凤鸣岐"七弦琴

唐（618—907）

琴长 124.8 厘米，隐间 116.3 厘米，额宽 16.3 厘米，肩宽 18.8 厘米，尾宽 12.5 厘米，厚 5.4 厘米

浙江省博物馆藏

　　琴体浑厚，背面微凸，鹿角灰胎。琴背以栗壳色原漆为主，间朱漆，有冰裂断兼小流水断。琴面与侧墙后加朱漆，三、四、五徽部位隐见类似梅花断的小圆圈。长方形龙池、凤沼，池沼内侧以厚1.5厘米的木片加厚。纳音宽而不高，中间部分微凹。龙池上方刻琴名"彩凤鸣岐"。龙池腹内有"大唐开元二年雷威制"题刻。

　　雷威是唐代四川斫琴名家雷氏中最负盛名的斫琴师。后人赞其"选材良，用意深。五百年，有正音"。此琴原为清末定慎郡王溥煦（1828—1907）的收藏，1900年八国联军侵华战争期间被掠走，其后散落民间，被民国琴学宗师杨宗稷收藏，著录于《琴学丛书》中，是杨宗稷最珍爱的三张琴之一。

越窑青瓷鸟形埙

唐（618—907）
通高 4.5 厘米，通长 8.3 厘米
浙江省博物馆藏

　　捏塑成鸟形，底平，歪头翘尾，形态灵动。头部刻镂眼眶，内填泥点，以示眼睛；两侧刻划、戳印，以作两翼；前胸及两翼下各刻镂一孔。整器施釉及底，釉色偏青；底部不施釉，胎黄色，泛火石红。
　　埙为一种乐器，多骨木或陶制，青瓷鸟埙较为少见。

青瓷鸟形埙

唐（618—907）
高 4 厘米，孔径 0.9—1 厘米
1984 年安徽繁昌出土
安徽博物院（安徽省文物鉴定站）藏

　　埙身为一只体态丰润的雏鸟，似在小憩，腹部留有三个圆形小孔，一吹孔，两音孔，呈三角形分布。

三彩骑马击鼓俑

唐（618—907）

高 41 厘米，长 37 厘米

洛阳华山北路国华宝居 FM56：221 出土

洛阳市考古研究院藏

  骑俑为男性，身材中等，头戴风帽，八字须上翘。身穿翻领紧袖黄袄，脚蹬黄色长筒靴，鞍前悬挂小圆鼓。目视前方，面色凝重，双手握举胸前，若击鼓之状。立马躯体健壮，四腿挺拔。骑俑整体施三彩，黄釉为主，但人俑颈部以上几乎无釉，唯唇部似有粉彩。

宫乐入浙

松阳古乐《月宫调》是唐代道教天师叶法善的音乐代表作。据《松阳县志》载，此舞曲即为唐代《霓裳羽衣曲》的一部分。《霓裳羽衣曲》是唐玄宗所创宫廷大曲的集大成之作，其舞、其乐、其服饰都着力描绘虚无缥缈的仙境和舞姿婆娑的仙女形象，给人以身临其境的艺术感受。白居易道："千歌万舞不可数，就中最爱霓裳舞。"安史之乱后，身处皇家内道场的叶法善将此曲带回松阳老家，并改名《月宫调》，流传至今。2009年6月22日，《月宫调》成为浙江省第三批省级非物质文化遗产项目。

叶法善

叶法善（616—722），字道元，号太素、罗浮真人，括州括苍县（今浙江松阳县）人。一生历经高宗、武则天、中宗、睿宗、玄宗五朝，供奉甚厚。唐玄宗于开元二年（714）特授金紫光禄大夫、鸿胪卿、越国公（从一品），兼景龙观主，成为道教历史上少有的封公道士。仙逝后，唐玄宗赐谥号为越州都督，开元二十七年（739），亲撰《叶尊师碑》作为祭奠。北京东岳庙主殿所立《梨园重建喜神殿之碑》，将叶法善列为十二音神之一。

李隆基

唐玄宗李隆基（685—762），亦称唐明皇。善骑射，通音律、历象之学，是唐朝在位时间最长的皇帝。当政期间，唐朝国力达到鼎盛，史称"开元之治"。但又酿成了天宝末年的安史之乱，为唐朝由盛转衰埋下伏笔。

李隆基对唐代音乐发展有重大影响，作《霓裳羽衣曲》《小破阵乐》《秋风高》等百余首。《新唐书·礼乐志》载："玄宗既知音律，又酷爱法曲，选坐部伎子弟三百，教于梨园。声有误者，帝必觉而正之，号皇帝梨园弟子。"梨园也因此与戏曲艺术联系在一起，成为艺术组织和艺人的代名词。

（明）佚名《明皇按乐图》 台北故宫博物院藏

三彩骑马击鼓俑

唐（618—907）
高 40 厘米，长 35 厘米
洛阳华山北路国华宝居 FM56：87 出土
洛阳市考古研究院藏

　　骑俑为男性，身材中等，头戴红色粉彩风帽，目视前方，面色凝重，朱唇，八字须，嘴角上卷。身穿翻领紧袖黄袄，脚蹬黑色长筒靴。双手半握，左手拳心向上，右手拳心向下，屈肘悬腕胸前，若击鼓之状。马双耳竖立，眼睛圆睁，头略左倾，躯体健壮，短尾上翘，四腿挺拔。马背左前悬系一小圆鼓。骑俑面、颈部无釉，胸部施白釉，肩部及周身施黄釉。

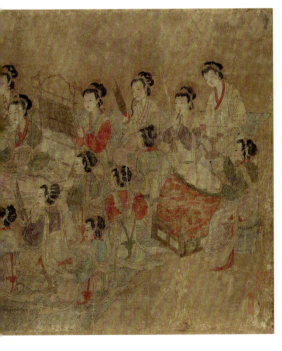

击和鼓女俑

五代（907—960）
通高 60.8 厘米，俑宽 22 厘米
成都赵廷隐墓出土
成都市文物考古研究院藏

　　立姿。身材匀称，头微右倾，目视左前方，面带微笑。左臂向左侧打开，小臂上举，手掌打开，指尖向上，作击打状；右臂向右侧打开，微屈，手心虚握。头梳抱面高髻。上身着黄色对襟直领窄袖褙子，褙子内着黄色长裙。下着红色大口裤，足穿红色翘底尖头鞋。俑腹部存圆形小孔，用于固定和鼓。

弹竖箜篌女俑

五代（907—960）
通高 58.2 厘米，俑宽 17.4 厘米
成都赵廷隐墓出土
成都市文物考古研究院藏

　　立姿。目视右侧，淡眉细目，面带微笑。小臂抬至身前，手部残。头梳抱面高髻。上身着外红内黄两件对襟直领窄袖褙子，褙子内着黄色长裙。下着白色大口裤。足穿翘底平顶圆头鞋。

击羯鼓女俑

五代（907—960）
通高 60.3 厘米，俑宽 19.9 厘米
成都赵廷隐墓出土
成都市文物考古研究院藏

　　立姿。身材匀称，头左倾，面向右，眉目含笑。双手
虚握，双臂张开似作击鼓状。头梳抱面高髻，髻上戴花苞
形金冠。上身着两件黄色对襟直领窄袖褡子，褡子内系红
色长裙，裙腰高束至腋下。下着黄色双层大口裤。足穿翘
底尖头鞋。俑腹部存圆形小孔，用于固定羯鼓。

吹笛男俑

五代（907—960）
通高 59 厘米，俑宽 17.5 厘米
成都赵廷隐墓出土
成都市文物考古研究院藏

　　立姿。身材修长，眉目清秀。身略偏
左，面向左前方，双手虚拱至肩颈部，作
执笛吹奏状。头戴幞头，色剥落。身着红
色右衽圆领窄袖长袍，袍长及地。腰束黑
色革带，带饰弦纹。足穿翘底尖头鞋。

民间舞蹈

　　唐代浙东地区的民间舞蹈主要有踏歌、胡旋舞、柘枝舞等。

　　踏歌汉时已有，风靡于唐代。舞者们常于节日欢庆、结伴出游、宴饮娱乐等场合中，联臂踏地为节，载歌载舞以自娱。温庭筠《秘书刘尚书挽歌词》中"折花兼踏月，多唱柳郎词"诗句，反映了江南一带的民间踏歌习俗。

　　胡旋舞是唐代盛行的胡舞之一，以舞中有各种旋转动作而得名。

　　柘枝舞源出怛罗斯（唐代属安西大都护府管辖，今哈萨克斯坦境内的江布尔），江南很多城市中都有这种舞蹈的身影。最初为女子独舞，后发展成双人表演的《双柘枝》。伴奏以鼓为主，唐诗有"柘枝一出鼓声招"句。

花冠舞俑

五代（907—960）
通高 43.2 厘米，俑宽 19.2 厘米
成都赵廷隐墓出土
成都市文物考古研究院藏

　　立姿。身形矮小，面容丰腴，双唇微张，眉目含笑，头偏左侧，望向右手。身微躬，上身前倾，左臂屈，夹于身侧，握短剑，剑端已残；右臂抬起，手拢于袖中；双腿张开，双膝微屈，左足后立，右足脚跟着地、脚尖翘起，作舞蹈状。

戏——百戏杂艺

　　唐代百戏即散乐，主要有杂技、歌舞戏、俳优戏等，在内容、形式、技巧方面都具有很高的水平，呈现出前所未有的繁荣景象，成为宫廷和民间共盛的艺术。唐代百戏中最壮观的是杂技。当时杂技节目已多达百余个，一些主要的门类如竿术、丸剑、马戏、幻术、木偶等均各自形成独立的表演系统。"戏弄"即扮演艺术，在唐代已包括在"百戏"之中，如"踏谣娘""参军戏"等，在浙东地区广为流行，并相沿至宋。南宋陆游在《春社》有"且看参军唤苍鹘"诗句，可见当时扮演艺术的普及程度。

杂技

　　唐代的杂技在玄宗时期发展至巅峰，成为宫民共盛的艺术。《新唐书·礼乐志》记载："玄宗为平王时，有散乐一部。"唐代浙东地区流行的主要杂技节目有戴竿、杂旋、弄枪、蹴瓶、飞弹、拗腰、踏球、吞刀、吐火、藏狭等。杂技艺人争奇斗炫的精彩献艺，也常引来诗人墨客的吟咏。陆龟蒙"弄象驯犀角抵豪，星丸霜剑出花高"，元稹"前头百戏竟撩乱，丸剑跳掷霜雪浮"……都反映了唐代杂技表演的热闹场面。

(唐) 段安节著《乐府杂录》关于俳优戏"弄参军"的记载

参军戏

　　参军戏原称"弄参军"，通常有"参军""苍鹘"两个角色，表演具有嘲讽、逗趣、戏谑、滑稽的特征，是一种以科白为主的戏弄类型的扮演艺术。唐长庆、大和年间（821—835），诗人元稹任越州刺史兼御史大夫、浙东观察使，居于越州。"有俳优周季南、季崇及妻刘采春，自淮甸而来，善弄陆参军，歌声彻云。"刘采春所演参军戏声色俱佳，深得诗人元稹的赏识，写《赠刘采春》一诗，以"言辞雅措风流足，举止低回秀媚多"赞刘采春的科白之妙。

踏谣娘

唐代歌舞戏以歌词、舞蹈，杂以说白，叙述一个完整的故事。《踏谣娘》就是当时流行的歌舞戏之一，叙述一个美丽善歌女子深受丈夫虐待的故事。表演者男扮女装（后改为女子扮演），边歌边舞，诉说其怨苦，唱完一段，旁边人和上两句："踏谣娘，何来！踏谣娘苦，何来！"因主人公表演时且步且歌，故名曰《踏谣娘》。

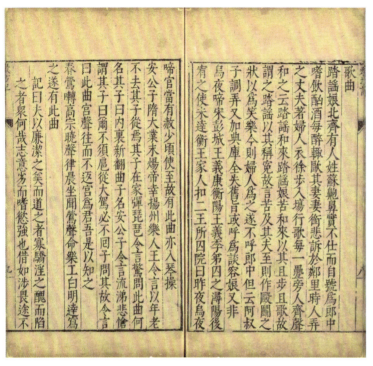

（唐）崔令钦撰《教坊记》关于"踏谣娘"的记载

花卉人物纹青釉瓷粉盒

唐（618—907）
高 3 厘米，直径 5.3 厘米
台州市博物馆藏

扁圆形，子母口，直腹，平底。通体施釉。盒盖饰花卉纹，盒底刻有一枚侍女肖像，线条轻盈，似为窑工随性之作，饶有趣味。

越窑青瓷划花小粉盒

唐（618—907）
高 2 厘米，长 4.6 厘米，宽 4.2 厘米
慈溪东安砖瓦厂出土
慈溪市博物馆藏

　　二曲椭圆形，带盖，子母口，盖面平，刻划荷花纹。造型小巧精致，釉色青中泛黄。

越窑青釉瓷粉盒

唐（618—907）
高 6.2 厘米，直径 15.9 厘米
2005 年上虞丰惠前湖村罗鱼山砖室墓出土
绍兴市上虞博物馆藏

　　扁圆形，平盖微鼓，子母口，平底。盖面刻划4组对称荷叶纹，外底划"Ψ"符号，并有10颗泥点痕。器形规整，制作精良。通体施青黄色釉，滋润光洁。器盖有窑裂和缩釉。

唱
2.3　游

　　唐人好游乐，尤以士大夫阶层为最。他们在办私事（探亲、访友、谋生等）或公事（赴任、改官、出使等）时，沿途喜欢一边游览山川、访古探胜，一边以文会友、吟诗作赋。

　　唐王朝也十分鼓励百官利用节假日外出游乐，甚至将鼓励、补贴百官旅游制度化。唐代读书人年已及冠，学业初成之时，也喜周游天下名川，访师问道，广交朋友，作为进一步学习与仕进的方式。如贺知章未入仕前曾在长安游学访友17年，其间结识诗人无数，常相聚饮酒赋诗，爽朗豪放。在朝廷的倡导下，唐代唱游之风日渐盛行，而浙东尤盛。

行——舟马相宜

唐代出行的交通工具有车、马、驴、骡、牛、舟船及使用人力的辇、舆、担子、兜笼（肩舆）等，浙东之地以舟船为多。唐代诗人南下浙东，大多以水路为主，舟楫为马。"浙东唐诗之路"的诗篇中经常出现"泛舟""驾舟""乘舟""舟行""孤帆"之类的描述，如李白"舟从广陵去，水入会稽长"、崔颢"鸣棹下东阳，回舟入剡乡"等。此外，骑马出行在浙东诗路也较为常见，如赵嘏《发剡中》有"日暮不堪还上马，蓼花风起路悠悠"句。水路用舟船，陆路靠马匹，二者都为诗人穿梭于浙东山水之间增添了不少便利和诗情画意。

骑乘风俗

《新唐书舆服制》载："贵贱皆以骑代车。"唐代乘骑之风极为盛行，几乎人人都以骑马为乐，甚至不少女子都有很好的骑马技术，一时间骑马出行、出游成为时尚。唐朝人不仅喜欢骑马，也流行养马，马甚至成为地位身份的象征。白居易做官之后豢养两匹马，还乐滋滋地写进诗歌里，这种感受和今人置办新车是一样的。只是养马的费用较大，经济拮据的文人也有选择比较廉价的驴子作为代步工具，杜甫就曾"骑驴三十载，旅食京华春"。

（唐）佚名《春郊游骑图》
台北故宫博物院藏

《春郊游骑图》是以唐代士大夫骑马游春为主题的画作。此图无款识，传为唐代佚名画家所绘。

（宋）李公麟（传）《丽人行》图　台北故宫博物院藏

　　《丽人行》图是根据杜甫的乐府古诗《丽人行》而作，描绘了秦、韩、虢三国夫人骑马春游长安水畔的情景。该画设色明艳，清雅丰美，人物与马匹均形神俱备，大有晚唐遗风。此画与宋徽宗摹张萱《虢国夫人游春图》人物及构图非常相像，有专家认为此幅更接近于张萱原作，并完美地表现了杜甫的诗意。

白陶牛车

唐（618—907）
高 14.3 厘米，牛长 22 厘米，牛车高 17.5 厘米
郑州上街出土
河南博物院藏

　　白胎，模制，由牛、车厢、辕及双轮组成。牛呈站姿，肌肉匀称，筋骨强健，呈牵引姿态。车厢呈长方形，卷棚式顶，前后出檐上翘，前壁中部开设直棂窗，下方有长方形料箱。后部右侧开设长方形门。双轮为圆形辐条式，轮毂结构清晰可辨。辕系后期复原配补。车厢上可见红色、黑色彩绘。

黄釉陶骑马俑

唐（618—907）

高 26.2 厘米，长 21.5 厘米，宽 9.5 厘米

洛阳工业园区冠奇公司贾敦颐墓出土

洛阳博物馆藏

　　头戴风帽，上身左转，双手握拳，屈肘于胸前。身着右衽翻领短袖长衣，内穿圆领紧身窄瘦长袖衫，腰束细带，下着裤，足蹬尖头鞋。马低头站立于长方形底板上。遍施黄釉，釉上另涂有彩。

红釉马

唐（618—907）

高 22 厘米，长 24 厘米，宽 8 厘米

洛阳龙门啤酒厂安菩墓出土

洛阳博物馆藏

　　作静立状，头微勾，体壮，短尾下垂，站立在长方形底板上。无鞍无饰，通身施红釉。

陶马

唐（618—907）

高 27.6 厘米，长 27 厘米，宽 8.6 厘米

1979 年宁波奉化白杜山厂村出土

宁波市奉化区博物馆藏

　　浅褐色陶胎，外层白色陶衣都已脱落。此马低头躬颈，两耳竖立，双目凝视地面，前肢直立，后肢前倾，短尾。马头套着马辔，背垫毡毯，上置马鞍和璎珞。此马塑造线条流畅，体形魁梧，肌肉健硕，四肢有力，形态逼真。

舟楫为马

在河流交错、水网如织的吴越水乡，坐船出行极为便利。而被万千诗人反复吟咏的"浙东唐诗之路"也几乎是依水而行，舟船自然成为唐代诗人出行的首选。白居易《舟行》："船头有行灶，炊稻烹红鲤。"可见，当时长途客船已有膳食供应。诗人对船的喜爱，除了实用性以外，更因为船的美学意向——客帆远水、秋月钓船、孤篷落日、野渡舟横……舟船已然成为艺术的象征，蕴含着诗人的开心、凄凉、飘逸等多种情感，是一种具有特殊意义的诗学语词。

(明) 仇英《秋江待渡图》 台北故宫博物院藏

此画以秋日山水中行旅待渡为主题，画面细腻而富有诗意。舟子立篙相招，彼岸待渡者唐人装扮，坐石矶上与童仆相顾而语。全幅仿李唐笔意，笔墨更轻逸，敷色精雅，实是仇英传世精品绢本大幛。

驿——馆驿林立

唐代出行人员之多、出行时间之长，远胜前代。漫长的行旅途中，诗人常打交道的就是道路沿线的馆驿、客亭、旅店，以及能充当旅店客馆的寺庙道观。起初，馆为设于驿道接待公私客旅的官舍，驿为传递公文的邮驿。唐代，馆、驿的功能逐渐合流，并兼具提供交通工具及食宿的功能。此外，唐代私营旅店或沿途寺观也数量繁多，成为官营馆驿之外的重要补充。诗人李频《越中行》"野宿多无定，闲游免有情"，以及钱起《宿云门寺》、孟浩然《宿天台桐柏观》等都是历史的真实写照。

馆驿入诗

唐代浙东地区的馆驿设置十分普遍，不仅数量多、规模大，而且水陆相兼，多建有驿楼、驿厩、驿厅、驿库等。初唐时期，出行使者和官员持有政府颁发的"传簿"（后改符券）才可"乘驿"或住馆。到了唐代中后期，馆驿制度逐渐松弛，之前不够资格入驿的大量文人雅士也随之进入。羁旅异乡，山河远阔，难免触景生情，流露笔端。馆驿也逐渐成为唐代文人墨客题留篇什的重要场所，承载了无数的文思和诗情。白居易《宿樟亭驿》、丁仙芝《剡溪馆闻笛》、郑巢《泊灵溪馆》等都是唐代诗人在浙东暂宿馆驿的有感之作。

浙东馆驿

浙东境内所设馆、驿总数未详，文献可考者有：

杭州至越州、明州、台州间有杭州樟亭驿、钱塘馆，萧山西兴驿（庄亭驿）、西陵馆，山阴西亭驿（蓬莱驿）、苦竹驿，余姚使华驿，慈溪凫矶驿，奉化剡源驿（连山驿），宁海南陈馆；

越州至台州、温州间有剡县剡溪馆、唐兴（今天台）灵溪馆、永嘉上津馆；

越州至婺州间有诸暨诸暨驿（待宾馆），义乌绣川驿（双柏驿）、待贤驿，金华婺州水馆、金华驿。

其中，萧山西陵馆、剡县剡溪馆等都是当时著名的馆驿。

会稽县印及印匣
唐（618—907）
高 4.1 厘米，纵 5.5 厘米，横 5.5 厘米
1958 年绍兴钱清出土
浙江省博物馆藏

印面有篆书"会稽县印"，会稽县在今浙江绍兴。印章采用隋唐时期独特的"蟠条印"焊铸法，即将铜条作为笔画缠绕成字并固定于印腔底部。印匣用于保存官印，两侧有供穿系的耳，匣盖与匣身有锁环对合，可加锁封闭，以防私用或非法钤印。

莲纹正方红砖座

唐（618—907）
高 7 厘米，边长 16 厘米
苏州横塘新郭小巷上新开河出土
苏州博物馆藏

　　器座稍残，微隆起，剖面正方形，底部内凹，红陶烧制，质地紧密。正面饰莲纹，外圈施联珠纹带一周。圈内为莲房，四周堆塑出高突的九瓣莲瓣，中心穿孔，内外对穿。莲花纹为中西文化交流的典型纹样。

桐柏宫莲花纹瓦当

唐（618—907）
直径 14.5 厘米，厚 2.8 厘米
台州市博物馆藏

　　当面主体饰以半浮雕式莲花纹，八片花瓣均匀饱满。当心呈莲蓬状，饰有七枚莲子。
　　桐柏宫原名桐柏观、桐柏崇道观。吴赤乌元年，孙权遣葛玄建法轮院；唐景云二年，睿宗下诏在法轮院墟址上为司马承祯建桐柏观。后为道教南宗祖庭。

陶质龙首排水流口

唐（618—907）
高 16 厘米，长 29 厘米，宽 23 厘米
天台国清寺出土
天台县博物馆藏

　　灰色。龙头形状，双眼圆鼓突出，刻划眉毛，牛鼻，鼻子下方残损比较厉害，眉心之间有一出水孔。
　　该器是唐代国清寺兼具实用性和装饰性的排水口。

铜鎏金龙首形幡杆首

唐（618—907）

通长 58 厘米，套口径 12 厘米

1990 年 12 月天台城关镇大巷口城郊营业所工地出土

天台县博物馆藏

　　鹿角兔眼，牛耳蛇颈，脑后狮鬃飘逸，颔下须发卷曲。勾头曲颈。龙体线刻龙鳞，无背鳍。颈部上下饰二道箍，箍上线刻斜格纹。耳后及颈下部各有一个铆钉孔。全身锈蚀较严重，唯局部见鎏金。龙口内装一个滑轮。有专家认为该器物是升降旗幡用的幡杆首。

越窑青釉瓷坐狮

唐（618—907）

高 17 厘米，底长 12.3 厘米，底宽 8.8 厘米

宁波市和义路遗址出土

宁波博物院藏

　　狮子呈蹲坐状，下承长方形座。嘴露齿，双目圆睁，颈系铃，头背鬃毛用卷曲纹表示，尾上翘贴于背。通体施青釉，釉面有细小冰裂纹。

游——览胜怀古

　　在唐代，浙东山水名重海内，兼有先贤山高水长之风，吸引无数诗人或从京、洛买舟南下，或自岷、峨沿江东流，千里迢迢，络绎而至。镜湖、若耶溪、剡溪、沃洲及会稽、四明、天姥、赤城、天台诸山，无不激发诗人的创作灵感，如白居易"镜湖期远泛，禹穴约冥搜"、李白"闻道稽山去，偏宜谢客才"、杜甫"剡溪蕴秀异，欲罢不能忘"、李商隐"相留笑孙绰，空解赋天台"等。诗人们畅游于名山秀水之间，追寻效仿先贤遗志以自勉，在"此地绕古迹，世人多忘归"的浙东留下了回响千年的吟鞭游屐、棹声帆影。

会稽山

　　会稽山位列中华九大名山之首、五大镇山之一，文化底蕴深厚，是我国上古时代大禹娶妻、封禅的地方。汉以后成为佛道胜地，有"千僧万道八百姑"之名。晋顾恺之说会稽山水"千岩竞秀，万壑争流，草木葱笼其上，若云兴霞蔚"，历代文人骚客多在此留下佳作诗篇，千古传诵。

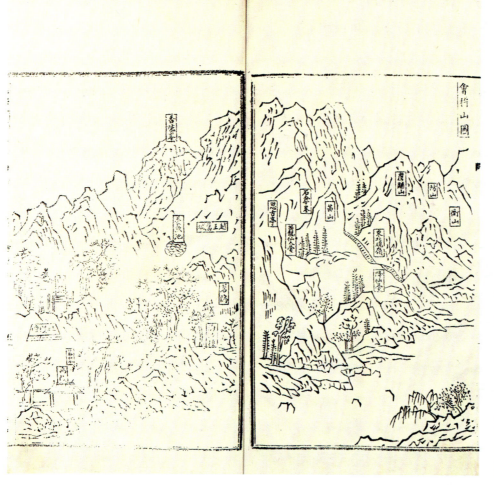

清康熙《会稽县志》中的《会稽山图》　　　　　　　　　　清雍正《古今图书集成》中的《会稽禹陵》

（明清）佚名《会稽山图手卷》（局部） 美国大都会艺术博物馆藏

图绘绍兴会稽山景色。技法上，以细皴绘山脉，线条柔和，层次清晰。此图伪托为顾恺之所作，并伪题宋代帝王跋，应是明清时期的画作。

东 山

东山，又名谢安山，是历代文人墨客的仰慕之地。东晋宰相谢安曾长期隐居在此，并与兰亭王羲之、新昌支遁、余姚许洵及上虞孙绰等名士唱和雅聚。40岁后，谢安离开东山从政，成语"东山再起"即出于此。南朝宋时的谢灵运、谢惠连亦多次相聚东山游吟唱和，东山也成为李白、贺知章、刘长卿等风流人物的"心之所向"。

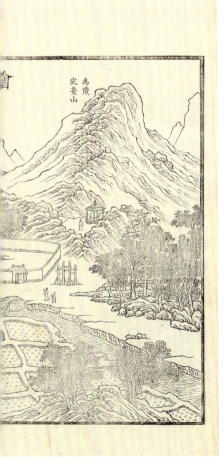

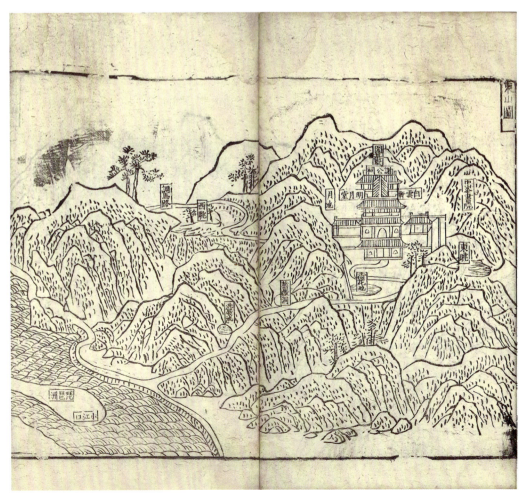

明万历《绍兴府志》中的《东山图》

（元）佚名《东山丝竹图》
故宫博物院藏

　　全图表现了谢安迎客于东山、丝竹管弦高奏的情节，动态鲜明，仿佛有丝丝乐声流溢而出。而山水佳景清逸幽雅，衬托出主人高逸的情怀。

四明山

　　四明山雄踞浙东，从天台山发脉，绵延于嵊州、上虞、余姚、慈溪、奉化等地，因其秀丽风景和绝美环境而有着第二庐山的美称。《嵊县志》载："四明山，在县东，山高万八千丈，周二百十里。"贺知章归浙东后，对四明山作了考察，并一一图其形状，命其景名。又经皮日休、陆龟蒙"酬唱九题"后，遂名振寰宇。

(清) 佚名《四明山图》　大英图书馆藏

　　此图描绘四明山山势雄伟的立体形象，群山河流与山路蜿蜒难辨，唯山路中缀以虚线。图中姚江、曹娥江（钱塘江上流）为两条主要河流；图中注记各处地名，地名旁贴黄签以满文书写；大部分地名旁又以硬笔注有俄文，明显为后来的加注。

天台山

天台山是中国十大名山之一。《云笈七签》载，天台赤城山洞列道家十大洞天之六，以"佛宗道源，山水神秀"闻名于世，是中国佛教天台宗和道教南宗的发祥地，又是活佛济公的故里。司马承祯居天台山40年，把天台山道教带入鼎盛时期，极大地提升了天台山的知名度。李白、孟浩然、贺知章等大批诗人纷纷前来寻仙访道，踏歌吟诗。

（清）钱杜《梦游天台图》 美国克利夫兰艺术博物馆藏

钱杜是清代嘉庆、道光年间著名的山水画家，山水面貌取法文徵明，用笔细秀，设色妍雅。《梦游天台图》是钱杜山水画的代表作。

（清）戴熙《石梁雨来亭图卷》 美国克利夫兰艺术博物馆藏

（南宋）周季常《五百罗汉之天台石桥图》
美国弗利尔美术馆藏

此图取景于天台石梁，描绘南朝梁僧慧
皎《高僧传》卷十一《习禅篇》中所记载的
西域僧人昙猷开创方广寺的故事。

镜 湖

镜湖在绍兴城西南，北宋建立以后改名为鉴湖。《会稽记》载："汉顺帝永和五年，会稽太守马臻创立镜湖，在会稽、山阴两县界……"镜湖落成以后，"六朝以上人，不闻西湖好"，秀丽风景吸引历代文人赏景探幽，吟诗弄赋，留下了许多名胜古迹和传奇故事。贺知章晚年致仕，诏赐镜湖剡川一曲，荣归故里，不仅成为文学史上的一段佳话，也使镜湖声名大噪。

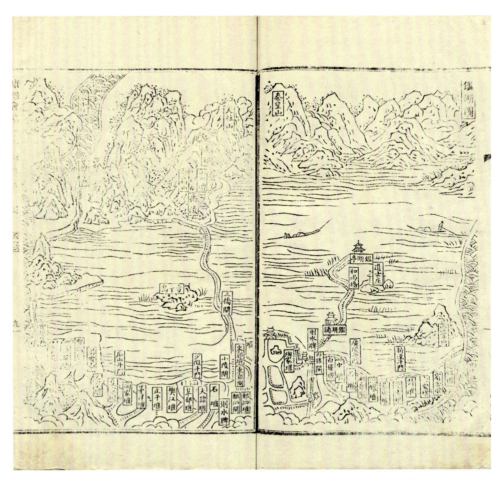

清康熙《会稽县志》中的《鉴湖图》

若耶溪

若耶溪（今平水江）成名于盛唐，是道教七十二福地中的第十七福地。唐代诗人贾岛以"地必寻天目，溪仍住若耶"之句，彰显了古代若耶溪在文人雅士心中的重要地位。谢灵运、李白、杜甫、贺知章等无数文人雅士也都曾泛舟若耶，留下了许多丽词佳文，使若耶溪声名远播，从而成为"浙东唐诗之路"上仅次于剡溪的重要水路之一。

清康熙《会稽县志》中的《若耶溪图》

(明)陈淳《采莲图卷》 上海博物馆藏

剡 溪

剡溪像一首喷薄而出的唐诗，九曲回肠，浩气长存。自东晋王子猷雪夜访戴，剡溪开始盛名，文人墨客、高贤大德纷至沓来，剡溪声名远扬，甚至连浙东运河、曹娥江之名也一度被它所取代。其流经之地即为剡中，是唐代众多诗人最为向往之地，尤以李白、杜甫、白居易等诗坛大家入剡后，声名达到鼎盛。剡溪也成为"唐诗之路"的滥觞之处。

(元)赵元《剡溪云树图》 私人藏

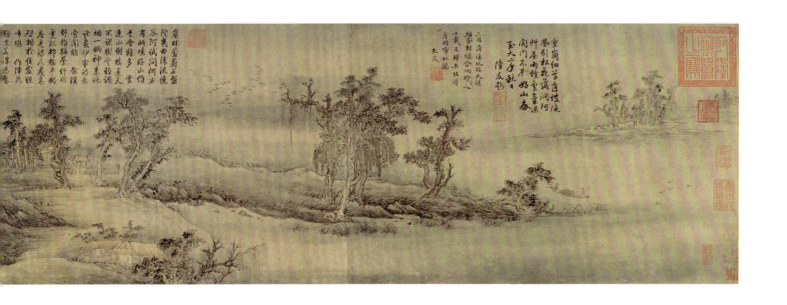

（元）黄公望《剡溪访戴图》 云南省博物馆藏

　　此图描绘东晋王子猷雪夜乘舟访问剡溪友人戴逵，造门不前，兴尽而返的故事。"雪夜访戴"是魏晋风度
的传奇性表现，为剡溪平添了无限的人文魅力，也为"唐诗之路"遗留了美丽的花瓣。

越窑青釉四系罐

唐（618—907）

高 23 厘米，口径 10.8 厘米，底径 10 厘米

1993 年嵊州黄泽镇湖头村出土

嵊州市文物保护中心藏

　　侈口，束颈，丰肩，鼓腹斜收，平底。肩置一对横系。施半身黄褐色釉。

越窑青釉四系瓷罐

唐（618—907）

高 19.7 厘米，口径 8.3 厘米，底径 8.6 厘米

1984 年奉化白杜南岙村出土

宁波市奉化区博物馆藏

　　溜肩、鼓腹，腹下渐收，平底。肩部置对称四横系。通体施青釉，釉面有细小冰裂纹。

越窑青瓷蘑菇纽盖盒

五代（907—979）
高 9.3 厘米，口径 8.6 厘米，底径 5.5 厘米
1976 年象山县出土
象山县文物保护管理所（象山县博物馆）藏

　　造型规整，子母口，腹略弧，矮圈足。穹形
直口盒盖，盖纽蘑菇状。除圈足底外，通体施米
黄色釉，釉层肥厚，光泽晶莹，是越窑青瓷产品
中的佼佼者。

越窑青釉瓷盖盒

唐（618—907）
高 11.4 厘米，口径 15.3 厘米，足径 7.6 厘米
1987 年诸暨冠山乡左溪村出土
诸暨市博物馆藏

　　子母口盖盒。器身扁圆，光素无纹。盖
面压印直条形凹棱四条。上腹壁近直，下腹折
收。矮圈足，外底有支烧泥点痕四枚。施青
釉，泛黄色。釉色匀净晶莹。胎灰白，胎釉结
合紧密。制作工整，为越瓷之精品。

瓯窑青釉划花瓷印盒

唐（618—907）
高 5.1 厘米，口径 6 厘米，足径 3.5 厘米
1973 年 5 月温州市鹿城区翠微山出土
温州博物馆藏

　　盖母口，弧面，圆珠纽。盖面刻花卉5朵，随意流畅。盒敛口，弧腹，矮圈足。灰白色胎，细腻坚硬。通体施青绿釉，莹润透雅，开细碎纹片。

越窑刻花牡丹纹盖盒

唐（618—907）
高 4.6 厘米，口径 11.4 厘米，底径 5.9 厘米
1984 年嵊州春联乡娥交岭村征集
嵊州市文物保护中心藏

　　器盖与身以子母口扣合，浅腹，直壁斜收，平底内凹。盖面微鼓，内区刻花缠枝牡丹纹，外区点缀8朵划花卷草纹。

越窑青釉方筒形带盖瓷墓志罐

唐（618—907）

通高 26.3 厘米，口径 11 厘米，底径 8.6 厘米

杭州市萧山区博物馆藏

　　方直口，平唇，腹部呈方直筒形，下部内敛，圆平底。盖内口呈圆形，口外檐较宽，呈四角形，四角圆钝，盖顶隆起，顶部有鸡心形提手，提手下有两层荷叶边装饰。罐身四面阴刻行书墓志铭文，自左向右竖写22行，笔触朴实率意。通体施青绿色釉，釉层均匀，莹润光亮，灰白色胎。底部残留垫渣痕，盖内壁有一圈泥点垫烧痕。整体造型别致，胎釉结合完美。

青瓷多角瓶

唐（618—907）

高 25.2 厘米，口径 8.7 厘米，底径 9.8 厘米

临海市城南出土

临海市博物馆藏

　　鼓腹下收，直口微侈，腹部双束腰。器身堆贴锥形尖角，尖角共3匝，每匝4个。施青釉，施釉不到底，釉色清亮。

越窑青瓷四系罂

唐（618—907）

高 39 厘米，口径 19.7 厘米，底径 12 厘米

1989 年嵊州春联乡砖瓦厂工地出土

嵊州市文物保护中心藏

　　盘口，喇叭颈。颈部对称安置4只双复系，每系上饰一龙。弧腹，平底微内凹。施青釉不及底，部分釉剥落。

青釉瓷罂

唐（618—907）

通高 45 厘米，口径 21 厘米，底径 9.5 厘米

台州市博物馆藏

　　盘口，粗长颈，圆肩，深弧腹，平底，有盖。盖为波浪边，宝珠纽，纽上镂对称孔。肩部置四环形系，贴饰盘龙。通体施釉，釉色均匀，胎呈灰白色。

越窑青釉四系带盖瓷蟠龙罂

唐（618—907）
通高 43 厘米，口径 22 厘米，底径 10.8 厘米
宅乡张溪吴山出土
绍兴市上虞博物馆藏

　　分器盖和器身两部分。器盖蘑菇形纽。器身喇叭形口颈，溜肩，弧腹，平底。肩部饰四环形耳，颈部贴饰龙纹。龙三爪四角，脚踩祥云盘曲在罂颈。施青黄釉，光滑莹润。整件器物高大精致，颇有大唐盛世风范。
　　蟠龙即盘曲的龙，蟠龙罂是一种装贮粮食用的器皿，故有的器物上刻有粮罂瓶的铭文。

越窑青釉多角瓷盖瓶

唐（618—907）
高 28.7 厘米，底径 8.5 厘米
1974 年浙江省上虞市章镇洛头村出土
绍兴市上虞博物馆藏

　　分器盖和器身两部分。器盖兽纽，覆于器身之上。器身整体呈塔形，节状明显，上小下大，堆塑有三层下折角饰。通体施青釉不及底。釉色光滑莹润。
　　多角瓶又称多角罐、多角壶，是中国南方地区唐宋墓葬中常见的明器。

南岩寺

鼓山

新昌

大佛寺

谢公宿处

小石佛

"唐诗之路"新昌段陆路：谢公古道

梦回天姥

剡溪蕴秀异

　　新昌古属剡县，亦称剡东，上接台云，下临剡曲，人在仙源，几忘世纪。沃洲天姥之胜，剡溪水帘之奇，引大批魏晋高僧名士云集于此，留下了可照万世的"羲之文化""支竺遗风"，玄学、书法、佛学、佛茶等在此达至鼎盛。有唐近三百年，众多诗坛翘楚相继入剡，李白梦游、杜甫归帆、白傅垂文、皎然茶道……唐诗文化与剡地山水风物相融绽放，形成响彻千年的诗路高潮绝唱，堪称文化奇观。新昌上风上水，佳境殊胜，自然与人文相得益彰，妙不可言，实可谓"六通之圣地，八辈之奥宇"。

追慕先贤

3.1

据白居易《沃洲山禅院记》所载，晋世有竺潜、支遁等十八高僧和王羲之、戴逵等十八名士游憩、栖隐于沃洲，胜会空前。剡地的山水风物和文化底蕴也随之闻达于海内，成为无数唐代诗人倾心向往之所，纷纷寻梦而来。李白"入剡寻王许"、刘禹锡"自言王谢许同游"、齐己"终当学支遁"、李端"兴来空忆戴"……唐代入剡诗人虽身世境遇有别，山水感触不同，但都对剡东风流之地念念不忘、珍惜有加，咏古抒怀的字里行间无不洋溢着对魏晋先贤的追慕之情。

魏晋遗风

魏晋时期，人迹罕至、道路不通的剡地成为中原士族躲避战乱、隐逸遁世的偏安之地，大批高僧名士纷纷入剡，流连于剡东灵山秀水之间。书圣王羲之晚年归隐剡东，在鼓山托迹炼丹，建紫芝庵；高僧支遁欲买山而隐，在沃洲小岭立寺行道，与当时名流交游剡东。他们都是领袖群伦的人物，以他们为中心的高僧名士一时云集沃洲，推动并发展了浙东山水文化，山水诗、山水画等山水艺术由此发祥。新昌也因此成为当时全国的学术中心，并成为之后唐诗之路的追寻之地。

佛学宗源

新昌是佛教中国化的重要发祥地之一，有"禅源"之称。自西晋始，支遁、竺潜、昙光等高僧相继来剡，开山建寺，探研般若，开启了佛教和中国本土文化相结合的道路，新昌也成为当时全国的佛教中心。当时六家七宗，剡东独占其六。梁慧皎《高僧传》载，剡东入传高僧达30人左右，竺潜、支遁、于法开、于法兰号称"四贤"。支、竺更为当时佛门巨子，晋帝敕请赴都讲演，莫不称善，名动朝野，缁白共钦，长居剡东，形成"支竺遗风"，流韵绵长。

（五代十国）佚名《神骏图卷》 辽宁省博物馆藏

据文献记载，支遁好养马而不乘，有人讥笑他，他却说："贫僧爱其神骏"，就是欣赏马的那种豪俊爽朗的神气。此画就是取材于《世说新语》中支遁在剡东沃洲养马的故事。今新昌沃洲尚留有放鹤峰、养马坡、支遁岭遗迹。

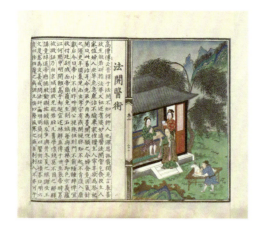

（明）僧宝成著《释氏源流应化事迹》，明成化年间彩绘刊本

  《释氏源流应化事迹》根据报恩寺沙门释宝成《释迦如来应化录》改编而成，全书共四卷。此为明成化时期内府彩绘刊本中的"支遁诚勔""昙猷度蟒""法开医术"。

石弥勒像

  新昌大佛寺石弥勒像始凿于南朝齐永明四年（486），梁天监十五年（516）告竣，历时30年，合僧护、俶、佑三僧之功，故称"三生圣迹"。南朝刘勰撰《梁建安王造剡山石城寺石像碑》，称其为"不世之宝，无等之业""命世之壮观，旷代之鸿作"，有"江南第一大佛"的美誉。

鎏金菩萨立像

唐（618—907）

高 17.4 厘米，宽 6.4 厘米，厚 5.5 厘米

新昌县博物馆藏

　　菩萨头戴高冠，面带微笑，后有桃形头光，头光外缘饰火焰纹，内为三重圆轮。颈饰项圈，身前披垂挂式璎珞。右手抬起，左手下垂。跣足，立于仰覆莲座上。莲座下接一层圆形台座，下承镂空四足方床。

铜佛坐像

唐（618—907）
高 7.4 厘米，宽 3.5 厘米
新昌县博物馆藏

　　佛面相丰圆，双耳贴面，高肉髻。身着袒右肩下垂式袈裟，偏衫衣角反搭右臂。左手抚膝，右手施无畏印。结跏趺坐于覆莲座上。原背光、基座已失，内中空。

鎏金铜观音菩萨坐像

五代吴越国（907—978）
高 9.4 厘米，宽 5.3 厘米，厚 4.3 厘米
新昌县博物馆藏

　　菩萨面相丰圆，梳高发髻，戴花冠，冠带于耳后打结下垂至肩。上身袒露，左肩斜披络腋，颈饰悬铃项圈，胸挂交叉穿璧式长璎珞，垂于两膝上。右手置膝平托，左手上举持物（原物已失），结跏趺坐。

青铜狮柄行炉

唐（618—907）
高 6.5 厘米，长 35 厘米，宽 10.8 厘米
新昌县博物馆藏

　　整体由熏炉与柄组成。熏炉敞口外卷，腹弧形束腰，平底。器下设花瓣形座，成圈足，器与座以铆钉相接。炉腹侧设长柄，为"S"形弯屈托底，在炉口沿处柄上设有椭圆如意形环片。柄端下屈弯，又平折，上蹲卧狮。其为行走时的手持熏炉。在佛教造像碑中常见供养人手持长柄熏炉行走的场面，为佛教用器。

榆林窟025窟主室南壁

光素铜钵

唐（618—907）

高 9.7 厘米，口径 21 厘米，底径 14 厘米

20 世纪 70 年代新昌县澄潭出土

新昌县博物馆藏

　　敛口，外卷唇，鼓腹，圈底略平。体薄，光素，外壁绿锈均匀。

青瓷钵

唐（618—907）

高 11.7 厘米，口径 23.3 厘米，底径 10.1 厘米

新昌县博物馆藏

　　敛口，外卷唇，弧腹有弦纹两道，圈底略平。通体施青釉。

滑石狻猊香熏盖纽

唐（618—907）
高 8.8 厘米，宽 4.8 厘米，厚 4.8 厘米
新昌县博物馆藏

　　此器为熏炉的熏盖，米白色滑石质，一侧
有深褐色沁斑。熏盖圆形子口，盖面凸起，其
上雕一蹲踞的狻猊，昂首鼓目，注视前方，张
大口露出利齿，头及颈部有长而密的鬣毛。前
胸直挺，前腿直立，利爪紧扒着熏盖，后腿弯
屈作蹲踞状。口内有一深孔，贯通腹部直达盖
底，为燃香通气孔。

莲花纹瓦当

唐（618—907）
直径 13.2 厘米，边轮宽 0.9—1.5 厘米，厚 1.8 厘米
20 世纪 70 年代新昌县鼓山出土
新昌县博物馆藏

　　圆形，当心为凸圈内饰五籽的莲蓬纹；主题八瓣莲
花，花瓣椭圆形而外端略尖，整体饱满又带廓纹，莲瓣
外端间有三角莲苞形饰。外施一圈凸弦纹，再饰联珠纹
一周。圆外廓宽窄不匀，留有制作时的压痕。

名士风流

　　魏晋时期是剡中文化大放异彩的时期，也是剡中地域文明形成和发展中最重要的时期，其核心地域在剡东，即今新昌县境内。以王羲之、戴逵为代表的大批名士倾慕剡中山光水色，云集于此，出则游弋，入则咏言。剡东山水因此广为人知，天姥、沃洲、剡溪、水帘更是成为文脉地标，引历代文人翩翩而至。秀美的剡东山水撩拨起名士的缤纷才思，王羲之的书法、二戴的雕塑绘画、许询和孙绰的玄言诗、谢灵运的山水诗均属一流，奠定了浙东唐诗之路的思想文化基础。

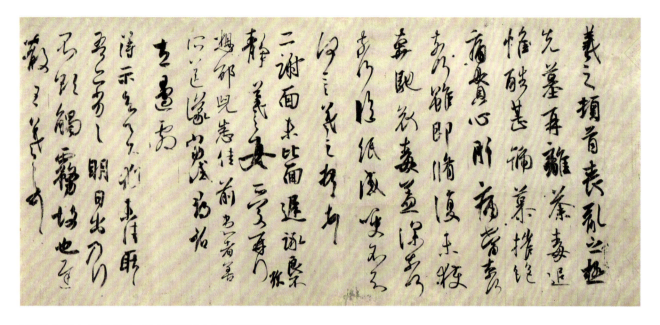

（东晋）王羲之《丧乱帖》　日本宫内厅三之丸尚藏馆藏

　　《丧乱帖》笔法精妙，是王羲之晚年书法的经典。据学者考证，此帖是王羲之永和十一年（335）辞官入剡后书写的尺牍墨迹，其创作地正是剡中无疑。另外，《十七帖》《初月帖》《寒切帖》《衰老帖》《姨母帖》等墨迹也被认定为王羲之晚年在剡所书的尺牍，是剡东文史研究的又一大成果。

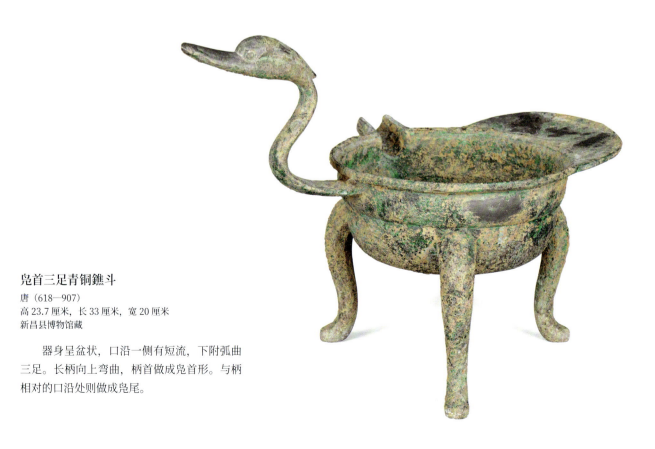

凫首三足青铜鐎斗

唐（618—907）
高23.7厘米，长33厘米，宽20厘米
新昌县博物馆藏

　　器身呈盆状，口沿一侧有短流，下附弧曲三足。长柄向上弯曲，柄首做成凫首形。与柄相对的口沿处则做成凫尾。

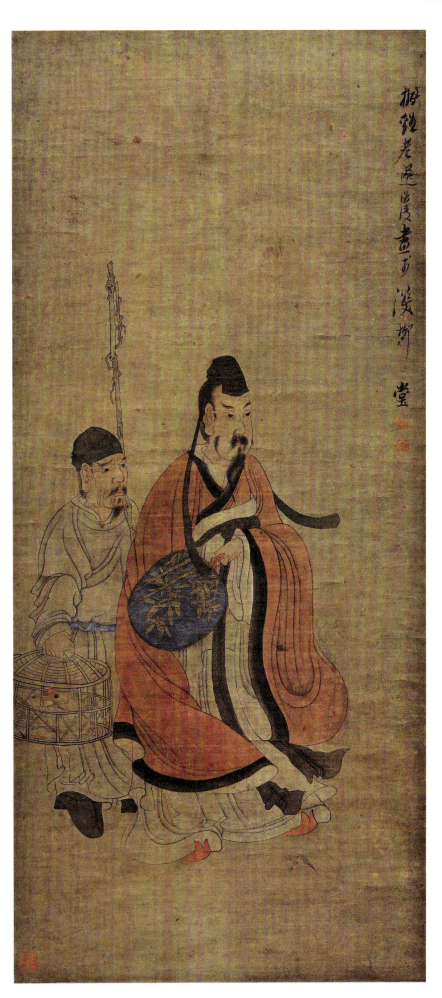

(明) 陈洪绶《羲之笼鹅图》 浙江博物馆藏

新昌历史上的道教知名人物首推书圣王羲之。晚年的王羲之弃官栖隐剡东，修黄老之术，"又与道士许迈共修服食，采药不远千里……穷诸名山，泛游沧海"（《晋书·王羲之传》），大大推动了新昌道教文化的发展。新昌鼓山紫芝庵就是他晚年隐逸修道的处所之一。

越窑青瓷瓷盒

唐（618—907）

高 4.2 厘米，口径 8 厘米，底径 3.7 厘米

新昌县博物馆藏

　　子母口，盒身为子口，直壁浅腹内折成小平底。盖作直壁斜折成大平顶，素面。内外施青绿色釉。

越窑青瓷盖盒

唐（618—907）

高 6.4 厘米，口径 7.2 厘米，足径 5.3 厘米

新昌县博物馆藏

　　子母口。盒身为子口浅腹，直壁斜折，圈足。上置光素盝形顶盒盖。釉色青中带黄，器形规整。

越窑青瓷盖盒

唐（618—907）

盖：高 1.5 厘米，直径 9 厘米

盒：高 2.4 厘米，内径 7.7 厘米，外径 9 厘米，底径 4.8 厘米

新昌县博物馆藏

　　子母口。盒身为子口浅腹，直壁斜折，平底。上置光素弧顶盒盖。釉色青中带黄。

银质葵口杯

唐（618—907）

高 6.4 厘米，口径 10.5 厘米，足径 6.7 厘米

新昌县博物馆藏

　　五瓣葵花形，敞口，深腹，内腹有五条凸棱，外底焊接高圈足，圈足外撇。

银碗

唐（618—907）

高 4.8 厘米，口径 9.6 厘米，足径 5.4 厘米

新昌县博物馆藏

　　敞口，折腹有棱，内腹有一道凹棱，外底焊接圈足，圈足外撇。

及至唐代，众多诗人"自爱名山入剡中"，或追慕先贤，或探幽访胜，或寄情山水……他们自钱塘江入绍兴古镜湖，而后由浙东运河、曹娥江至剡溪，再溯源至石梁而登天台山。诗人们一路载酒扬帆、翰墨寄怀，以万般诗情铺就出一条逸兴遄飞的唐诗之路。据学者统计，以清朝康熙年间编纂的《全唐诗》为据，其2200多名诗人中，走过"浙东唐诗之路"的有450多人，占五分之一。剡东人文胜迹也因诗人灿若星河的诗作散发出耀眼光芒，千百年来仍令人心生陶醉、痴迷向往。

沃洲山

沃洲山在新昌县城东南12公里处，历史积淀厚重，是佛教祖山、道教名山，被道家称为第十五福地，属真人方明所治。晋白道猷、竺法深、支遁皆居此，戴、许、王、谢等18人与之游，号为胜会，堪与庐山白莲社、山阴兰亭会同称文化盛举。山有灵澈锡杖泉，西南养马坡、放鹤峰，皆因支道林得名。唐代李白、刘长卿、孟浩然等著名诗人都曾放情于此，白居易更是盛赞"东南山水越为首，剡为面，沃洲天姥为眉目"。

清雍正《古今图书集成》中的《沃洲山图》

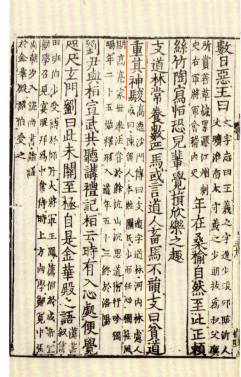

（南朝宋）刘义庆等著《世说新语》中支遁养马的记载
南宋绍兴八年刻本

越窑青瓷双系罐

唐（618—907）

高 11.8 厘米，口径 11.4 厘米，足径 9.6 厘米

新昌县博物馆藏

　　束口，侈唇，矮颈，平肩，圆腹。肩上贴竖行器耳一对，底设喇叭形圈足。外施青灰色釉，釉面明净光亮。

越窑青瓷圆腹罐

唐（618—907）

高 8.7 厘米，口径 5.1 厘米，足径 5.5 厘米

新昌县博物馆藏

　　敛口，圆唇，球圆腹，底置矮圈足。胎灰白色，釉色青绿，釉层稍厚而润泽有光。

越窑青瓷盖罐

唐（618—907）

高 8.8，口径 4.4 厘米，足径 4.8 厘米

1983 年新昌县七星街道磕下村出土

新昌县博物馆藏

　　弧形盖子口，圆柱纽。敛口，球腹，矮圈足。灰白胎，质细腻。除圈底和盖内，皆施青黄釉，釉层均匀。

清雍正《古今图书集成》中的《天姥山图》

天姥山

　　天姥山位于新昌县城东南25公里，东接天台华顶，西北连沃洲山，孤峭迥拔，苍然天表，为一地之望，众山之主，被道家称为第十六福地，真人魏显仁治之。西晋张勃《吴录》最早有天姥山的记载："剡县有天姥山，传云：登者闻天姥歌谣之响。"李白、杜甫等数百位唐代诗人追慕前贤足迹，都曾游历于此。

民国版《新昌县志》中的《水濂洞图》

东岇山

　　东岇山一名望远尖，《高僧传》亦称仰山，在新昌县东南二十公里。西接鳌峰，南连沃洲，脉自菩提峰来，遥接华顶，以山水为骨，宗教文化为魂，素以南朝佛教圣地著称。晋咸康间（335—342）竺潜居此建寺，其高足竺法友、竺法蕴、康法识、竺法济等均卓锡于此。与沃洲山同为江南大乘般若教义中心，千年禅韵绵绵，四十里山水幽幽。

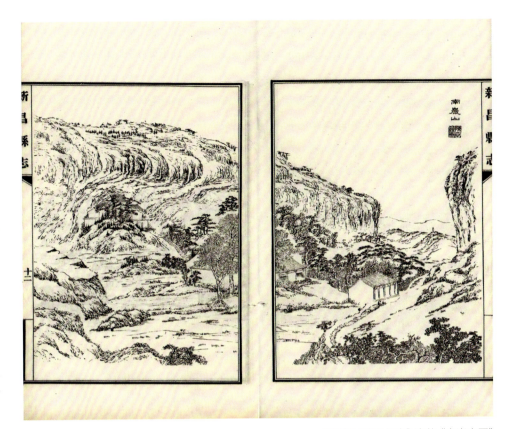

南岩山

　　南岩山，在新昌县城西七公里处，山岩陡险，壁立千仞，一直是史学界公认的"海迹神山"。南岩历经沧桑变迁，流传着大禹治水、任公子钓鳌等神话传说。据史料记载，唐代李白、齐己、李绅等诗人都曾来过这里，胜迹有南岩寺、古钓台及化云洞等。

民国版《新昌县志》中的《南岩山图》

民国版《新昌县志》中的《南明山图》

石城山

　　石城山（今名大佛寺山），一名南明山，因山岩围绕如城而得名。永和初，昙光栖迹创寺于此，支道林亦墓葬此山。现存的千佛岩与石弥勒像为南朝古迹，乃旷世之宝。隋开皇十七年（597），智者大师途经石城大佛寺，圆寂于此，石城山亦成为天台宗第一门户。盛唐时期，孟浩然最早游览石城，率先将"剡县石城"写入唐诗。其后，刘长卿、元稹、杜牧、罗隐等多有咏赞。

越窑青瓷贴花龟纹多角瓶

唐（618—907）

高 22.5 厘米，口径 10.8 厘米，足径 12.5 厘米

1976 年嵊州春联公社马仁村西山岗出土

嵊州市文物保护中心藏

　　亚腰葫芦形，高口沿，侈口，肩部对称贴四枚竖系和两龟。每级葫芦腹壁等距地塑五只菱角，角尖向外张扬，上下两层共菱角相错排列，底部低圈足。通体施青釉，呈色黄褐，局部浅紫。整器敦厚稳健。

越窑青瓷多角壶

唐（618—907）

高 30.7 厘米，口径 8.5 厘米，底径 11 厘米

1983 年新昌县双彩乡前王村出土

新昌县博物馆藏

　　弧顶盖，盖上设柱状纽，下为子口。整器形似葫芦，呈三级宝塔状，平底微内凹。器身鼓腹处等距离倒置四只菱角，竖向三枚齐排。整体施青黄釉，釉层较厚。

长沙窑青瓷执壶

唐（618—907）

高 17.3 厘米，口径 6 厘米，腹径 16.8 厘米，底径 13.2 厘米

1972 年新昌县七星街道庙前地村出土

新昌县博物馆藏

　　侈口卷唇，短颈，丰肩，长圆腹，饼形底。肩部置不规则八棱短流，对称处为长圆三曲带形执，左右各置三曲带形系。腹部双系及流下方有三块模印贴花图案，内容为龙、骑士驭马和乐人。贴花处施褐彩。施釉不及底，釉色青黄，釉层较薄。胎质疏松而细腻。

寻访仙踪

　　剡东道教神仙思想十分浓郁，《吴越春秋》《搜神记》《幽明录》等古籍中均有剡地神话传说记载，以东汉刘阮遇仙的故事流传最广。魏晋佛道相融，玄风大炽，此地更是修道求仙成风。六朝至隋唐间，葛洪、王羲之、许迈、褚伯玉、司马承祯、吴筠、贺知章等著名道家人物纷纷入剡，炼丹修仙，活动频繁，剡东成"仙灵窟宅，烟霞原委"。唐代诗人受道教文化的濡染，痴迷于沃洲、天姥一带诗书不绝的仙源福地，纷纷前来求仙访道，以仙风道骨的诗篇为唐诗之路增添了一抹神奇的色彩。

仙源福地

　　道书载"剡多名山，可以避灾"，东汉有"两火一刀可以逃"的谶言。新昌地处天台、四明、会稽三大山脉交叉盘结之区，沃洲、天姥、石城、南岩等名山环布其中。在道教洞天福地中，新昌有四座名山入列，被视为仙源福地。诗仙李白远游剡中山水后，离剡回舟北上，自称为"钓鳌客李白"；诗人曹唐向往刘阮遇仙的神奇经历，追慕仙子，最终以梦仙而卒……充满瑰丽神话色彩的剡东山水，让诗人的浪漫与遐想有了具象的寄托，也让彼此结下了不解之缘。

刘阮遇仙

　　东汉永平年间，剡人刘晨、阮肇入山采药，迷路遇仙，结为夫妻。二人思乡返家，物是人非，已过七世，复重觅仙踪，然无迹可寻，在溪边徘徊良久，惆怅不已。这段美丽的仙凡爱情故事在六朝时流传甚广，《幽明录》《齐谐记》《神仙记》俱详载其事。以旧志所载，其地在今新昌刘门山，有刘阮庙、采药径、惆怅溪、迎仙桥等文化遗迹。历代名士曹唐、元稹、王十朋、袁枚等皆为此留下华章。元曲大家马致远作杂剧《刘阮上天台》。"前度刘郎"成为文学典故。

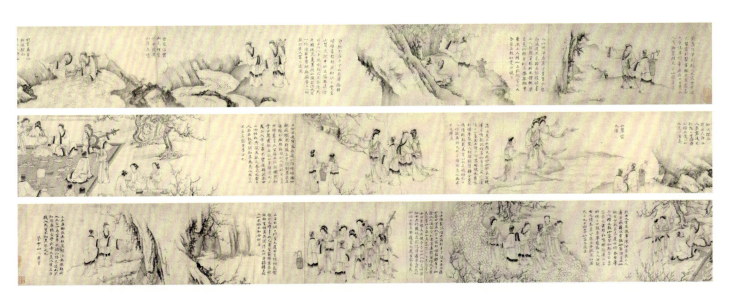

（元）赵苍云《刘晨阮肇入天台山图》（局部）　美国大都会艺术博物馆藏

吹笙引凤镜
唐（618—907）
直径 12.9 厘米
洛阳机瓦厂出土
洛阳市考古研究院藏

八出葵花形，小圆纽。纽下有山，上有树，左有一仙人端坐吹笙，右一凤凰闻声而来。当取材于王子乔吹笙引凤的故事。

四仙骑鸟兽纹葵花形铜镜
唐（618—907）
直径 11.8 厘米，厚 0.5 厘米
天台县博物馆藏

八出葵花形，半球形纽。镜纽周围描绘的是四位仙人骑鸟兽的场景，仙人身披飘带，翱翔天空；外圈有祥云装饰，超凡脱俗。表现了"长富贵、见神人、宜子孙"的美好愿景。

月宫嫦娥镜

唐（618—907）

直径 14.9 厘米，缘厚 0.6 厘米

浙江省博物馆藏

　　圆形，蟾蜍形纽。镜背刻画月宫图案。中央饰一桂树，树叶繁茂，蟾蜍伏于树干之上。桂树左侧饰一仙子，仙子头梳环髻，身披飘带，作飞天状。桂树右侧饰一玉兔，侧身直立，双耳高竖，手执药杵，作捣药状。画面空白处饰三朵流云，飘逸灵动。整体图案生动立体，刻画精巧。

双鸾衔绶纹葵形铜镜

唐（618—907）

直径 15.9 厘米

1985 年嵊州鹿山街道雅良村出土

嵊州市文物保护中心藏

　　八出葵花形，内作圆形。圆纽，两鸾隔纽曲颈相对，双翅振起，尾羽上翘，足踏花枝，口衔绶带，绶带打双结后向上飘举。纽上方饰一折枝花，花上方饰一小鸟口衔绶带展翅飞翔。纽下方饰一枚大折枝花。镜面漆黑，图案清晰。

葵式鸾凤纹镜

唐（618—907）

直径 17.3 厘米

1978 年河南中牟县纸坊村采集

河南博物院藏

　　八出葵花形，圆纽。背面左右各一花鸟纹饰，为凤凰踏在莲花上；纽上一鸟衔葡萄一串，下为一鸟衔绶带。边内饰花卉与昆虫。通体水银地。

龙纹铜镜

唐（618—907）

边长 11.8 厘米

1971 年嵊州崇仁公社白塔岭水库出土

嵊州市文物保护中心藏

　　委角方形，圆纽。浮雕一龙，绕纽腾跃，张牙舞爪，一后肢与尾相叠压。龙腹下点缀一朵流云纹。

双龙云纹镜

唐（618—907）

直径 18 厘米，厚 1.2 厘米

20 世纪 70 年代新昌县梅渚镇毛洋出土

新昌县博物馆藏

　　宝相花形，半圆纽。双龙纹，纽两侧各饰一条浮雕巨龙，似有腾云之势。双龙围以如意祥云环绕衬托，缘内一圈折枝花卉。

任公子钓鳌

南岩山上钓台岩，世传为任公子垂钓处。《庄子·外物篇》载，任公子用50头牛作诱饵，蹲在会稽，长长的钓竿投向东海，钓了一年多，忽而大鱼来吞饵物，牵动大钩，掀起如山般的巨浪，挣扎的大鱼，咆哮起千里海水。任公子钓到鳌鱼后，把它剖开腊干，楚越人民均可饱餐。其怀抱壮志、锲而不舍而令唐代诗人向往，诗仙李白曾化用此典写下"欲钓吞舟鱼""沧浪罢钓竿"等句。

《南华真经注疏》集西晋郭象的《庄子注》和唐代成玄英的疏为一书，清光绪十年遵义黎庶昌日本东京使署景宋刊

刻木为鹤

南朝梁任昉《述异记》载："昔日鲁班刻木为鹤，一飞七百里，止于天姥山的北山西峰之上。汉武帝使人前往取之，木鹤遂又飞上南峰。往往天将雨时，则翼翅摇动，若将奋飞。"以神话故事入载古籍，可见民间流传与影响甚为深远。

《述异记》清光绪元年湖北崇文书局刊本

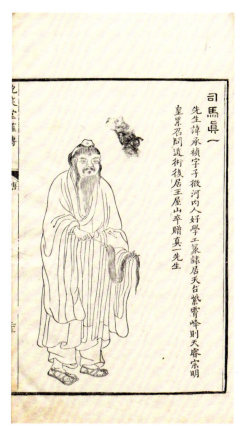

（清）上官周撰《晚笑堂竹庄画传》中的
司马承祯像　清乾隆八年刊本

司马承祯

　　司马承祯（639—735），字子微，法号
道隐，唐代河内郡温县（今河南温县）人。与
陈子昂、卢藏用、宋之问、王适、毕构、李
白、孟浩然、王维、贺知章称为仙宗十友。

　　司马承祯作为道教上清派第十二代宗师，
以其渊深的道教造诣声名远播，先后五次被武
则天、唐睿宗、唐玄宗征至京师，出山还山，
必经天姥。据明成化《新昌县志》记载："旧
传司马承祯隐天台山，被征，至此大悔，因以
为名，窃谓此当为处士轻出者戒。"其在班竹
山麓大悔落马之桥名为司马悔桥，班竹山又名
司马悔山，也被道家称为第六十福地。

　　司马承祯是当时文人圈中道教思想的辐
射源，他在天台、天姥一带修仙问道，吸引
了众多文人名士"来往天台天姥间，欲求真
诀驻衰颜"，为浙东唐诗之路的形成起到先
导作用。

玉环

唐（618—907）
直径 5.9 厘米，厚 0.5 厘米
新昌县博物馆藏

　　整体圆形规整，器壁有一小孔，侧面扁平，孔缘一
周略粗糙，显系两面正圆对钻。黄褐色玉质，器表光素无
纹，有大量的褐色沁斑。

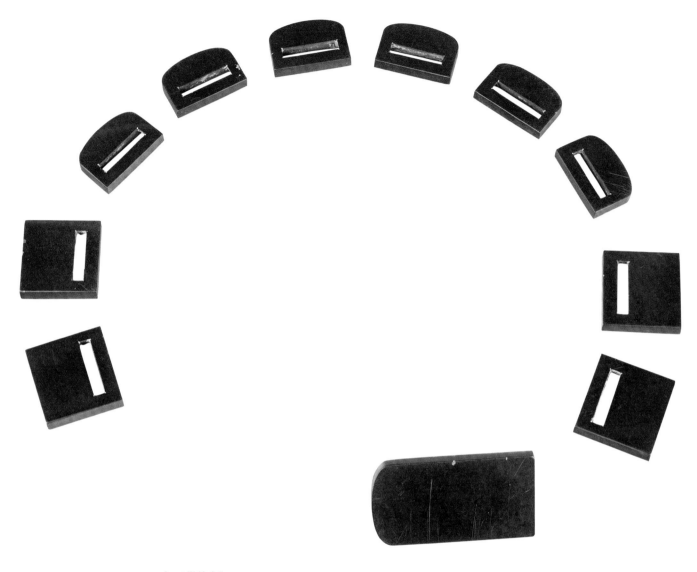

乌石带饰板

唐（618—907）

方銙：长4厘米，宽4.2厘米，厚0.8厘米

铊尾：长8.1厘米，宽4.2厘米，厚0.8厘米

半圆形銙：长2.8厘米，宽4.2厘米，厚0.8—7厘米

2016年8月新昌县钦寸水库规划库区内盘古寺遗址M3墓出土

新昌县博物馆藏

　　石质如墨玉，共11片。规格分三种，厚度大致相同：方銙4片，半圆形銙6片，铊尾1片。方銙和半圆形銙有双面长形孔。每块玉片均光素无纹，背面皆凿有线孔，孔内留有金属丝线断迹。

　　乌石，是指泰山墨玉石，为一种罕见的局部宝石矿石。

诗路寻梦

一座天姥山，半部全唐诗！天姥山之名，不在其高、其险，而在其神、其圣。受诸多神话传说及谢灵运伐木开山等因素影响，魏晋时期的天姥山就已名闻天下。诗仙李白"仗剑去国、辞亲远游"，云游足迹几乎遍及大半个中国，但剡中山水一直是他念兹在兹的所在，尤以天姥山为重。李白一生三入剡中，留诗十余首，其中以《梦游天姥吟留别》最具代表性。此诗一出，名扬天下，更成为标志"浙东唐诗之路"文化高度的璀璨明珠。天姥山从此声名大振，进入名扬天下的全盛期，成为文人墨客无限向往的神奇仙境。

梦萦剡中

李白自幼成长于蜀地，浸润道家思想多年，好游名山，喜结道友。开元十三年（725），25岁的李白"仗剑去国，辞亲远游"，在江陵与司马承祯相遇。司马承祯见李白气宇轩昂，文采非凡，赞叹不已，称其"有仙风道骨，可与神游八极之表"。初出茅庐的李白受宠若惊，当即写就《大鹏遇稀有鸟赋》，以"大鹏"自比，以"稀有鸟"比司马承祯，抒发自己大鹏展翅的宏大志向。江陵邂逅坚定了李白对道教的信念，剡中也成为李白魂牵梦萦的仙游之地。李白和司马承祯的浙东情缘，为浙东唐诗之路的形成奠定了重要基础。

开元十四年初秋，李白首次登上天姥山，并作《别储邕之剡中》一诗。

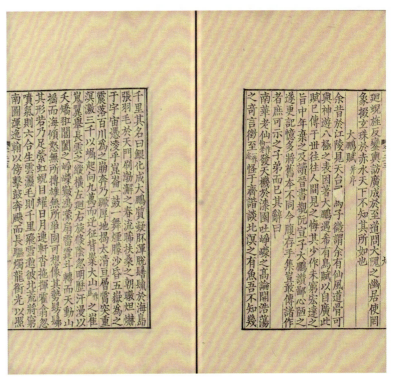

（唐）李白撰《李太白文集》中的《大鹏遇稀有鸟赋》
清康熙五十六年吴门缪日芑双泉草堂仿宋临川晏氏刊本

（唐）李白《上阳台帖》 北京故宫博物院藏

天宝三年（744），李白与杜甫、高适同游王屋山阳台观，方知司马承祯已经仙逝。不见其人，唯睹其画，故有感而书《上阳台帖》。《上阳台帖》为唐代诗人李白书自咏四言诗，是李白唯一传世的书法真迹，共25字（释文：山高水长，物象千万，非有老笔，清壮何穷。十八日，上阳台书，太白）。

重游天姥

天宝元年（742），42岁的李白经贺知章推荐后，得唐玄宗礼遇，命待诏翰林。天宝三年（744），李白在长安受到权贵的排挤，被赐金放还，离开长安再度开始游历生涯。他与杜甫、高适等人相携漫游齐鲁大地，饮酒酣歌，却难掩内心的郁结。两年后，李白准备离开东鲁南下吴越，与东鲁朋友告别时写下了《梦游天姥吟留别》，故又作《梦游天姥别东鲁诸公》。

天宝六年（747），李白至会稽寻访老友，与好友元丹丘一起凭吊了已经仙逝的贺知章，抚今追昔，感慨万千。之后，他同友人乘舟南行，追踪谢公足迹重登天姥，直至天台，并留下《同友人舟行游台越作》《天台晓望》等名篇。

贺知章——唐代诗人、书法家

贺知章（659—744），字季真，晚年自号"四明狂客"，越州永兴（今浙江杭州萧山区）人。唐代诗人、书法家。为人旷达不羁，才雄学广，是浙东唐诗之路中的重要人物。贺知章初见李白时，李白呈上《蜀道难》，贺老居然"读未竟，称赏者数四"，直呼李白为"谪仙人"，遂有"金龟换酒"的佳话。

（元）任仁发（传）《饮中八仙》 台北故宫博物院藏

《新唐书·李白传》载，李白、贺知章、李适之、王李琎、崔宗之、苏晋、张旭、焦遂为"酒中八仙人"。

杜甫有《饮中八仙歌》。八人之中，贺知章资格最老，在第一位。其他按官爵，从王公宰相一直说到布衣。诗作充分表现了他们嗜酒如命、放浪不羁的性格，生动地再现了盛唐时期文人士大夫乐观、放达的精神风貌。

越窑青瓷四足水盂

唐（618—907）

高 4.8 厘米，口径 3.4 厘米

新昌县博物馆藏

　　圆唇口、溜肩、鼓腹下垂，平底，肩、腹至底处设等距四足。内外施青绿釉。

越窑青瓷四足水盂

唐（618—907）

高 4.3 厘米，口径 3 厘米

新昌县博物馆藏

　　直口，圆唇，弧肩，鼓腹呈四边形，肩、腹至底处设四足。内外施青绿釉。

越窑青瓷水盂

唐（618—907）

高 5.4 厘米，口径 3.5 厘米，腹径 9 厘米，底径 5.3 厘米

1998 年新昌县七星街道庙前地村出土

新昌县博物馆藏

　　扁鼓形，口内敛，斜肩，垂腹，平底内凹。器身上半部均竖饰四条内凹直棱，横向弦纹数道。施青黄釉不及底。

青瓷水盂

唐（618—907）

高 6 厘米，口径 5 厘米，底径 4.4 厘米

20 世纪 70 年代新昌县拔茅央于出土

新昌县博物馆藏

　　侈口卷唇，短颈，溜肩，鼓腹。腹部均饰四条内凹直棱，平底内凹。施青黄釉不及底。

越窑青瓷高足圆砚

唐（618—907）

高 5.2 厘米，口径 12.6 厘米，足径 14.8 厘米

新昌县博物馆藏

　　束腰圆柱形。砚面圆形，微向内凹，砚边有一道蓄水沟槽，弧壁下敞，喇叭形高圈足。砚面露胎，外施青黄色釉，釉层均匀。

龟形陶砚

唐（618—907）

高 4 厘米，长 12.6 厘米，宽 8.4 厘米

1989 年新昌县镜岭镇黄泥田村出土

新昌县博物馆藏

　　器身椭圆呈龟形。龟首上翘，四足外撇，后足略高于前足，呈爬行状，无尾。头颈、四肢有肌理刻划，自然生动。背掏墨池，前深后浅，由陶坯雕琢而成。

三游越中

天宝十二年（753）秋，54岁的李白第三次重游越中，三登天姥，并作《越中秋怀》。次年五月，李白至扬州时，与追踪李白而下江东的王屋山人魏万相遇，作《送王屋山人魏万还王屋并序》相赠，尽述唐时浙东名胜。数年后，魏万在《李翰林集序》中也记述了当年的游历："万之日不远命驾江东访白，游天台，还广陵见之。"

至德元年（756），李白作有《经乱后将避地剡中留赠崔宣城》诗，但这次是否成行，学术界有两种截然不同的意见。一种认为只到杭州而未到剡中，一种认为隐于剡中，尚无定论。

李白《送王屋山人魏万还王屋》

《送王屋山人魏万还王屋》详细记载了李白在浙东的游迹。全诗虽写魏万千里寻访李白，一路经历吴越山水的壮丽，其实却是李白自己登山临水的真实记录，为世人清晰地勾画出了一条唐人在浙东山水之间的游历之路。

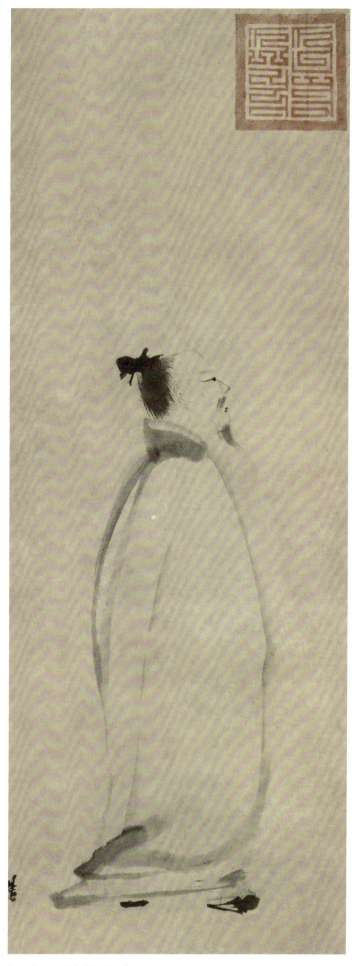

（南宋）梁楷《李白行吟图》 日本东京国立博物馆藏

山水风物

3.3

剡东地区名山簇拥，为众山关键、群峰过峡的多姿地貌，素有"东南山水越为最，越地风光剡领先"的美誉。自东晋以降，大批中原士族南迁，南北文化在此地相汇融合，又有文人墨客诗文盛赞，剡东渐成文化名邑。唐代以后，远离战乱的剡地迎来了经济、社会、文化发展的又一高峰，"百尺梯田，农人耕于天际；鸟道盘桓，岭路通向山巅"，农业、手工业等都呈现繁荣景象。诗人游历频繁，诗歌传颂不绝，剡东山水风物也随之名重于大江南北。

剡东之地，风物殊佳，史书诗文之记载不胜枚举。"连峰数十里"的山川形胜，其间奇花遍地、灵草漫野、百药争长，古藤名木更是繁茂丛生。此外，随着剡东地区农业、手工业的良好发展，剡藤纸、剡茶、越罗等名优特产也深得唐代诗人的注目，见于唐诗者甚多。"宣毫利若风，剡纸光于月""山梅犹作雨，溪橘未知霜""霓裳云气润，石径术苗春""鸟幽声忽断，茶好味重回"……繁荣的经济和丰富的物产，也是吸引唐代诗人乐于游剡的重要因素，是汇聚"浙东唐诗之路"的重要支线之一。

剡藤纸——宣毫利若风 剡纸光于月

剡藤纸，亦称"剡纸""溪藤""玉叶纸"，以薄、韧、白、滑、坚滑而不凝笔，质地精良著称，唐朝诗人皮日休曾有诗云："宣毫利若风，剡纸光于月。"西晋张华《博物志》载："剡溪古藤甚多，可造纸，故即名纸为剡藤。"东晋时剡藤纸已被官方定为文书专用纸。唐代，称公牍为"剡牍"，荐举人才的公函亦名"荐剡"，剡纸可谓"盛名擅天下"，相沿至宋。后"昔时人嗜利，晓夜斩藤以鬻之"，而至原料日渐枯竭，剡藤纸逐渐衰落。

唐代舒元舆经过调查，发现人们对剡藤纸需求过大，担心资源枯竭，而写了《悲剡溪古藤文》，劝人少用剡纸，以保护资源。

(清) 董诰等辑《钦定全唐文》中记载《悲剡溪古藤文》
清嘉庆十九年武英殿刊本

陆羽《茶经》

茶圣陆羽在《茶经·四之器》"纸囊"条："纸囊，以剡藤纸白厚者夹缝之，以贮所炙茶，使不泄其香也。"

剡茶——越人遗我剡溪茗　采得金牙爨金鼎

新昌自古就是"贡茶之乡"，饮茶之风极盛。魏晋时期，"剡茶"就已闻名天下。剡中高僧支遁、竺潜、昙光等都是当时"佛茶之风"的倡导者、实践者，将剡茶推向了一个新的高度。沿至唐朝，李白、杜甫等著名诗人相继入剡，品茗吟诗，创作出大量经典咏剡咏茶的诗篇。茶圣陆羽、才女李冶、茶僧皎然在剡中考茶咏茶，"剡茶声，唐更著"，从而奠定了新昌茶道文化发源地的重要地位。诗与茶是唐文化中的两朵"奇花"，诗兴与茶趣融为一体，高雅之至！

《茶经》中关于剡茶的记载

《茶经·七之事》"异苑"条载："剡县陈务妻，少与二子寡居，好饮茶茗。以宅中有古冢，每饮辄先祀之。二子患之曰：'古冢何知？徒以劳意。'欲掘去之。母苦禁而止。其夜，梦一人云：'吾止此冢三百余年，卿二子恒欲见毁，赖相保护，又享吾佳茗，虽潜壤朽骨，岂忘翳桑之报。'及晓，于庭中获钱十万，似久埋者，但贯新耳。母告二子，惭之，从是祷馈愈甚。"

越窑青釉瓜棱壶

唐（618—907）
盖：高 3.4 厘米，外径 6.5 厘米，内径 3.3 厘米
壶：高 10.6 厘米，口径 6.1 厘米，底径 6.2 厘米
新昌县博物馆藏

直口，圆唇，鼓腹下斜收，平底。肩置一圆管状短流，相对设一弧形短柄。盖呈荷叶形，顶置一蒂纽。外壁施青黄色釉。

越窑青瓷双提手茶釜

唐（618—907）

高 12.5 厘米，长 29.5 厘米，宽 27.9 厘米

新昌县博物馆藏

　　敞口，平唇，器身呈镬形。口沿对称置半圆式提，一提已残。又对称置4个方形短柄，其中两个在提下。内外壁露胎，胎色棕黄。口沿缘、双系、短柄施釉，釉色青绿。

越窑青瓷茶盏、托（2件）

唐（618—907）

盏：高 4.3—4.8 厘米，口径 9.5—10.5 厘米，足径 4.7—5 厘米

托：高 3.1—3.5 厘米，口径 13—13.5 厘米，足径 5.9—6.3 厘米

新昌县博物馆藏

　　盏敞口呈五瓣花形，圆唇，斜弧腹外壁成呈五花瓣状，矮圈足。托盘五花口内敛，浅平腹，圈足为束腰座式。通体施釉，釉色青黄。

越罗——越罗与楚练　照耀舆台躯

越州地区素以丝绸著称。早在春秋时期，"劝农桑"就被越王勾践列为国策之一。盛唐时期，丝绸珍品迭出，有越罗、尼罗、缭绫等，以"越罗"总其名而为朝野所重，尤以剡县所产为最，多次被列为朝廷贡品。杜甫以"越罗与楚练，照耀舆台躯"之句盛赞，白居易则将其比为天台山石梁飞瀑，"应似天台山上明月前，四十五尺瀑布泉"，彰显其品质非凡。但是随着历史的变迁，越罗的织造技艺却慢慢失传。直到近年，"越罗织造技艺"重现新昌，并入选第六批绍兴市非物质文化遗产名录。

名药——霓裳云气润　石径术苗香

早在秦汉时期，新昌一带就被誉为"弥山药草、满谷丹材"，东汉刘阮二人采药遇仙的传说更是广为流传。谢灵运《山居赋》中所写的奇花异草均与药材有关，其中"南术"即白术，是新昌传统特产，乃中药著名"浙八味"之一，享有"道地药材""南术北参"之美称。至唐代，新昌药材更是名闻天下，敬宗皇帝亦遣中使来此间采药，足见其声誉之高。另有茯苓、黄精、地黄、苦竹等数十种中药，都在唐代诗人的咏颂下得以扬名。

藤杖——金庭仙树枝　道客自携持

越中多仙山，山中多古藤。古藤除了大量被用于造纸以外，也是用来做手杖的极佳材料。古藤富于韧性，生命力顽强。李商隐《幽人》诗："丹灶三年火，苍崖万岁藤。"唐朝诗人雅士每以藤杖为馈赠之雅品，而且以其藤之稀罕为珍贵，张籍、元稹、白居易等皆有吟咏。越中藤杖以天姥山、天台山一带所出者为良，这种藤杖多出自深山老林，寻觅非易，文人雅士得之自然视若珍玩，珍爱非常，吟诗作赋，以纪其事。

鲈鱼和莼菜——莼菜银丝嫩　鲈鱼雪片肥

魏晋名士张翰因"莼鲈之思"而去官归隐的高致遗风，引起唐朝诗人的无限向往，也吊起了诗人墨客的胃口。古代江东盛产鲈鱼，其中又以松江之鲈其味尤美。越中与吴郡地缘邻近，亦盛产此等名吃。有唐近三百年间，不少诗人就打着为品尝莼羹鲈脍之美的旗号行吟在唐诗之路的山水之间。比如李白"此行不为鲈鱼鲙，自爱名山入剡中"，孟浩然"不知鲈鱼味，但识鸥鸟情"，元稹"莼菜银丝嫩，鲈鱼雪片肥"……即使未曾游历于唐诗之路的诗人，谈及江南莼羹鲈脍也常有艳羡之句。

（宋）欧阳修撰《新唐书》关于越罗的记载　清乾隆时期武英殿刊本

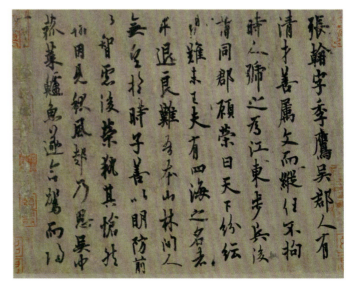

（唐）欧阳询《张翰帖》故宫博物院藏

越窑青瓷花口碗

唐（618—907）

高 7.5 厘米，口径 17.8 厘米，足径 7.7 厘米

新昌县博物馆藏

　　五出葵口，圆唇，斜腹，腹壁斜收，内外壁对应花口饰五凹棱，圈足微撇。内外施青绿釉，足底露胎，胎色浅灰，质致密。

越窑青瓷花口碗

唐（618—907）

高 15 厘米，口径 23.4 厘米，足径 12.2 厘米

新昌县博物馆藏

　　敞口，整器呈四瓣花形，深弧腹。腹外壁对应花口饰四凹棱，喇叭形圈足。内壁刻划荷叶荷花纹。通体施青黄色釉，釉色莹润。

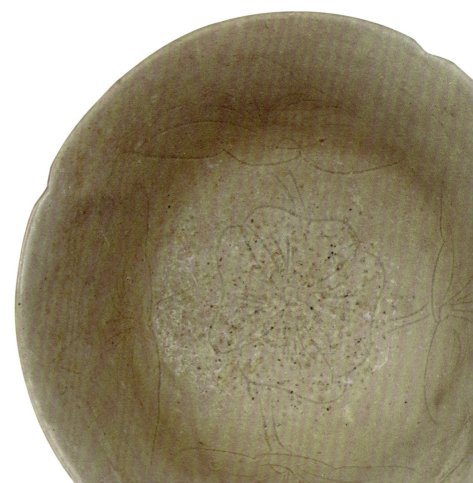

青瓷夹层碗

唐（618—907）

高 5.3 厘米，口径 12.9 厘米，足径 6.6 厘米

新昌县博物馆藏

　　敛口，圆薄唇，弧腹，矮圈足。内外腹壁间隔空。外腹壁上下各施弦纹数道。圈足内底空，能见里层。通体施釉，釉色青绿。

越窑青瓷碗

唐（618—907）

高 3.5 厘米，口径 11.2 厘米，底径 4.8 厘米

2016 年新昌县胡卜村唐墓出土

新昌县博物馆藏

　　敞口，宽唇外折沿，弧腹，平底。素面无纹，通体施青釉。

越窑青瓷玉璧底碗（2 件）

唐（618—907）

高 3.3—3.6 厘米，口径 14.2—14.3 厘米，足径 5.6—6 厘米

新昌县博物馆藏

　　敞口，圆唇，浅坦腹，矮圈足，玉璧形底。通体施釉，色青绿泛黄。

桂树——何以折相赠 白花青桂枝

新昌是桂花之乡，桂树也深受唐代诗人的钟爱。李白有"何以折相赠，白花青桂枝"，刘长卿有"桂香留客处，枫暗泊舟时"……桂花在唐诗里更加芬芳而隽永。唐宰相李德裕曾托人从天姥山寻得红桂树，"移植郊园，众芳色沮"，并有《访剡溪樵客得红桂》一诗赞之。《剡录》中还记载了新昌四季桂、雪桂等品种，皆为难得之品。

（明）沈周《黄菊丹桂图》 美国克利夫兰艺术博物馆藏

越窑青瓷双系盘口壶
唐（618—907）
高 29 厘米，口径 13 厘米，腹径 21.6 厘米，底径 10 厘米
1983 年新昌县沃洲山长诏水库桔场出土
新昌县博物馆藏

　　盘口微敞，圆唇，短颈，丰肩，长弧形鼓腹，平底。肩颈结合处对称置圆耳为系。施釉不到底，釉色青绿。

越窑青瓷灯
唐（618—907）
高 3.8 厘米，口内径 11.2 厘米，口外径 12.6 厘米，足径 6 厘米
2018 年新昌县羽林街道山头里村唐墓出土
新昌县博物馆藏

　　敞口宽沿下折，弧腹，内壁捏塑有一圆环，可绕系灯芯。平底，灰白胎。施青绿釉，釉色莹润，局部有开片。口沿处有垫烧痕迹。

越窑青瓷灯

唐 (618—907)

高 25 厘米，盏口径 7.2 厘米，承盘口径 9.5 厘米，底径 15.2 厘米

新昌县博物馆藏

　　油盏敞口直筒，承盘五瓣花口，盘下设覆式喇叭形灯台。
灯柱中空，至喇叭形肩颈处设底隔。内外通体施青釉。

越窑青瓷刻荷叶纹盘

唐（618—907）

高 2.7 厘米，口径 15.5 厘米，足径 6 厘米

新昌县博物馆藏

　　侈口，圆唇，坦弧腹，矮圈足。内壁等距刻画5荷叶纹，中心有细线荷花纹饰。施青绿色釉，足底露胎，有垫烧痕迹。

越窑青瓷钵

唐（618—907）

高 11.5 厘米，口径 18.5 厘米，底径 9.6 厘米

1972 年嵊州白鹤公社湖头村出土

嵊州市文物保护中心藏

圆唇口，鼓腹斜收，矮圈足，肩部及近底处各饰两周弦纹，通体施豆青釉。造型规整简洁，釉色均匀莹润。

越窑青瓷渣斗

唐（618—907）

高 11 厘米，腹围 15.8 厘米，足径 6.2 厘米

新昌县博物馆藏

大盘口，内卷唇，束颈，丰肩，圆腹，矮圈足稍外撇。足沿有9个支烧痕。通体施青绿色釉，釉面匀净。

　　新昌学者竺岳兵经倾心研究，于1991年在中国首届唐宋诗词国际学术讨论会上宣读了他的论文《剡溪——唐诗之路》，迅速引得共识。1993年，中国唐代文学学会正式行文，将"剡溪唐诗之路"命名为"浙东唐诗之路"。从此，这条汇聚着众多诗魂的风雅之路清晰地浮现在了世人眼前。新昌成为浙东唐诗之路首倡地和精华地。

　　竺岳兵（1935—2019），新昌县白杨村人。"唐诗之路"发现者与首倡者，新昌浙东唐诗之路研究社社长、绍兴文理学院特约研究员、苏州大学古典文献研究所特聘研究员、宁波大学人文传媒学院兼职教授。

　　1987年，52岁的竺岳兵提前退休，将一腔心血都付在了"唐诗之路"的研究上，连续出版《唐诗之路唐代诗人行迹考》《浙东唐诗之路》等10余部著作，发表论文100多篇。从半道出家挖掘"唐诗之路"，到为研究废寝忘食，为申遗殚精竭虑，他将数十年的光阴熔成烛火，照亮了承载中华千年文化与风骨的唐诗之路。

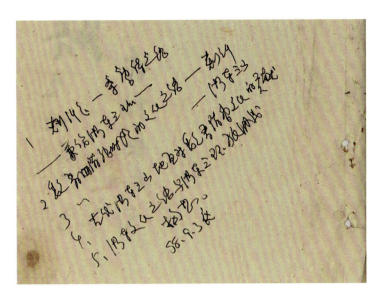

竺岳兵有关唐诗之路的手稿

1988年7月，第一次浙东四市（地）市长（专员）联席会议在宁波举行。竺岳兵在会上首次提出"剡溪是——条唐诗之路"的观点。9月3日，竺岳兵写下唐诗之路的手稿。

中国唐代文学学会用笺

竺岳兵先生：

同意原"剡溪唐诗之路"正式命名为"浙东唐诗之路"，原成员为中国唐代文学学会团体成员。祝"浙东唐诗之路"的研究和开拓工作取得更大成绩。

中国唐代文学学会
一九九三年
八月十八日

地址：西安市小南门外大学东路西北大学内　电话：2·5026转　电报挂号：6011

中国唐代文学学会致函文件

1993年7月18～22日，唐诗之路学术讨论会在新昌举行。8月18日，中国唐代文学学会致函竺岳兵，同意将"剡溪唐诗之路"正式命名为"浙东唐诗之路"，"浙东唐诗之路"遂成为中国文学史上的专有名词。

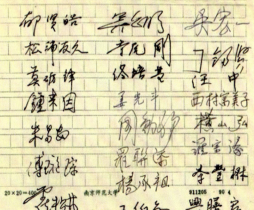

"建设浙东三环旅游线"的建议书

1990年11月29日，23位专家向绍兴、宁波、台州、金华四地市政府提出"建设浙东三环旅游线"的建议。12月22日，《经济生活报》发表祝诚《浙东发现古旅游线"唐诗之路"——国内外专家学者联名倡议开发》。这是媒体报道"唐诗之路"的第一篇文章。

结束语

　　尽管时隔千百年，饱满而蓬勃的盛唐气象仍然浮现在每个人的心中，或诗意盎然，或金戈铁马，或绮丽奢靡，或辉煌绚烂，令无数人为之倾倒。

　　唯开明才能革旧布新云蒸霞蔚、唯开放才能百川汇海博大深邃。盛世大唐不仅在政治、经济、文化等领域达到了空前的繁荣和发展，其兼容并蓄、有容乃大的文化自信与民族自信也为后世文明奠定了坚实的基础。唐代诗人有"天生我材必有用"的乐观自信，有"笑入胡姬酒肆中"的民族自信，也有"不教胡马度阴山"的报国自信，即使身处晚唐的诗人同样有"江东子弟多才俊"的风骨自信。这种文化自信虽历经晚唐的衰败和五代的战乱，依然不减其势，持续影响着宋代以后的中国，成为中华民族弥足珍贵的文化精神财富。

　　习近平总书记指出："文化是一个国家、一个民族的灵魂。文化兴国运兴，文化强民族强。没有高度的文化自信，没有文化的繁荣兴盛，就没有中华民族伟大复兴。"讲好唐诗之路故事，传播唐诗之路文化，打响唐诗之路品牌，就是响应提升文化自觉、增强文化自信、实现文化自强的国家战略召唤的具体举措。"浙东唐诗之路"文化带建设是唐诗开发的试验场，真正把"浙东唐诗之路"打造成文化之路、旅游之路、产业之路、富民之路，对浙江"诗路"建设乃至全国"诗"意融合旅游具有样板意义。

　　用"诗与远方"点亮"共富先行"梦。唐诗作为涵养中华民族向上向善的重要源泉，将在民族复兴的伟大道路上继续焕发蓬勃生机并贡献无限力量。

后记

大唐华章已奏响，在唐韵婉转的丝竹声中，唐诗之路展即将开幕。

此展筹备三年，起念十年。十年前，在策展新昌县博物馆基本陈列时，我通过梳理新昌的历史文脉，提出了新昌有魏晋、唐代、宋代三大文化高峰的观点，由此也萌生了围绕三大文化高峰做三个大型原创临展的念头。

新昌的三座文化高峰，环环相扣，魏晋名士文化引发唐代诗路文化，唐代诗路文化又催生宋代儒学文化。而处于中间的唐代诗路文化恰好起到承上启下的作用，成为串联新昌三大文化高峰的纽带。魏晋风度，是唐诗之路的溯源；宋代儒学，是唐诗之路的绵延。

三年前，2022年6月，反映新昌第一个文化高峰的原创大展"魏晋风度"经过五年筹备、几经波折终于开展。策展过程的艰辛，可谓一言难尽。凭着百折不挠的毅力，终于让嵇康的千古绝响《广陵散》回荡在了新昌县博物馆的展厅。

刻不容缓，"唐诗之路大展"的筹备工作，就在"魏晋风度展"开幕的第二天启动了。

唐代，是一个诗意的朝代。1000多年前，450多位诗人慕魏晋遗风，上溯剡溪，吟咏唱和，用1500余首诗歌构筑了一条"唐诗走廊"，形成新昌历史上第二个文化高峰。千年后，醉心唐诗的新昌学者竺岳兵先生，通过七次实地考察，将这条以新昌为精华的"唐诗走廊"挖掘出来，1988年他提出"剡溪是一条唐诗之路"的学术观点，1993年中国唐代文学学会将这条诗路正式命名为"浙东唐诗之路"，新昌成为这条诗路的首倡地和精华地。

唐诗之路，不仅是浙东唐诗之路，更是中国唐诗之路。蜀道诗路、陇右诗路、商於诗路、浙东诗路……这铺满全国的一条条诗路，是中国唐代诗人共同踏出的烂漫之路。而浙东诗路，是最璀璨夺目的存在，到过诗人最多，留下诗篇最丰。这条诗路不仅是地理上的山水之路，也是诗性心灵的漫游和栖息之路，更是贯通古今的文化历史传承之路。

追溯大唐这个诗意盎然的朝代，他既有着"九天阊阖开宫殿，万国衣冠拜冕旒"的盛世风华，又有着"天生我才必有用，千金散尽还复来"的超凡自信，令后世人无限向往！

作为一个文博工作者，如何以展览讲述历史，用文物阐述文化，从而带给观众思考与启迪，以此来保护传承中华优秀传统文化，这是情怀，也是担当。

我定下目标，要做一个超越"魏晋风度"的大展。

我们以着眼全国、侧重浙江、落脚新昌的方式，展现浪漫的唐诗之路与大唐的绚烂繁盛，呈现大唐的绚烂繁盛，以追根溯源的方式来阐述唐诗之路形成的缘由，以侧重地域的手法来突显浙江的诗意华美与新昌在唐诗之路中的重要地位。

为了更好地让文物诠释文化，直观地呈现大唐风采与诗路浪漫，我们启动了艰难的跨省域文物筛选与商借工作，重点围绕隋唐大运河和浙东大运河，梳理出沿线35家借展文博单位，省外11家，省内24家，环绕半个中国。

策展期间，我利用疗休养机会，带着展陈骨干前往诗仙故里、诗圣故居——四川考察，寻找灵感，借鉴思路。四川，于新昌而言，意义特殊，诗仙诗圣留下颇多写新昌的名篇佳作。尤其诗仙李白，三次入剡，一首千古绝唱《梦游天姥吟留别》让新昌天姥山名扬天下，成为文人们心驰神往的文化名山。在四川，我白天遍看博物馆与古迹，晚上梳理展览脉络，构思展览框架。待考察结束，我心中已形成清晰的展览架构，定下"大唐飞歌""诗行浙东""梦回天姥"三大单元。

也许，很多人感到匪夷所思，为何做个原创大展需要五年三年？小馆，情非得已。

新昌馆，缺人缺钱缺物。编内9人，管理三个馆；办展经费不足50万，一年至少办7个展；珍贵文物365件，大部分在基本陈列。所以，于我们而言，办原创大展，就是挑战极限。

人力不足，大家就身兼多职。财务搜集资料，出纳校订展版……我个人也全身心投入办展工作，从策展、编撰文本大纲、设计文创、修改把关到形式设计的全过程。为不耽误日常工作，只能加班加点，一个文本大纲，就要折腾一年。经费不够，则通过三年资金统筹解决。文物短缺，以借展弥补。小馆跨省借展，本就不易，而既要借展费少，又要文物好，更是难上加难。从接洽到借展成功，是一个漫长的过程。

非常感恩，这次文物借展，收获太多关心与支持，我心生无限温暖。借展35家文博单位200件文物，大部分文物是从展线撤下，其中一级文物25件，二级文物47件、三级文物82件，珍贵文物占比近80%，可谓精品荟萃，蔚为大观。正是你们暖心的支持，让我心中的精彩大展，由梦想成为现实！

展览得以精美呈现，还要感谢四家免费赞助灯光、展柜、数字化展示的公司，你们超150万价值的赞助，让展厅充满了科技与美学交融的强烈视觉冲击力。

还要衷心感谢所有对这个展览大力支持的领导、前辈、同行，感谢不厌其烦配合我打磨展览的合作公司，感谢我团队不怕苦不叫累的小伙伴们！

星汉灿烂，诗韵长存。值此栀子凝香、菡萏初绽的仲夏良辰，让我们携手共赴这场跨越时空的大唐诗宴！

新昌县博物馆馆长
2025年5月20日